巴山闽水楚人行
英汉诗歌及互译

侯国金 著

武汉大学出版社
WUHAN UNIVERSITY PRESS

图书在版编目(CIP)数据

巴山闽水楚人行:英汉诗歌及互译/侯国金著.—武汉:武汉大学出版社,2019.9

ISBN 978-7-307-20924-4

Ⅰ.巴… Ⅱ.侯… Ⅲ.诗歌—文学翻译—研究 Ⅳ.I106.2

中国版本图书馆 CIP 数据核字(2019)第 090326 号

责任编辑:谢群英　邓　喆　　责任校对:李孟潇　　版式设计:马　佳

出版发行:**武汉大学出版社**　(430072　武昌　珞珈山)

(电子邮箱:cbs22@whu.edu.cn　网址:www.wdp.whu.edu.cn)

印刷:北京虎彩文化传播有限公司

开本:720×1000　1/16　　印张:15　　字数:216 千字　　插页:2

版次:2019 年 9 月第 1 版　　2019 年 9 月第 1 次印刷

ISBN 978-7-307-20924-4　　定价:32.00 元

华侨大学“语用修辞研究创新团队项目”（600005-Z17X0191）

华大研究生教改项目“语用翻译学”（18YJG07），
“果香读赏会”（18YJG57）

教育部社科项目“语言库藏类型学和词汇
—构式语用学的融合研究”（18YJC740054）

侯国金个人肖像漫画

Dedicated to

My Parents Who

Know Poetry Not

自　　序

学语言学、教语言学的我，本非诗人，不擅风月文墨。只是酷爱语言，因为语言是人类最美的发明。有了语言，我们才可以说话，才可以不说话。

话多是孩提和花甲的专利，也是教师、律师、相声演员、脱口秀演员等的专长。当然也有所谓的“话痨”，像惹人烦的祥林嫂。而我喜欢话多之人，不论重复与否。重复早成了修辞格，对仗和排比也是，无一不是话多的表现。白居易的《长恨歌》多达 840 个汉字，算不算话多？莎士比亚的每首诗只有十四行，号称“莎士比亚式十四行诗”，不算啰唆。乘以 154 呢？惠特曼的《自己之歌》(*The Song of Myself*)洋洋洒洒几十页，有 1336 行，算不算拖沓？英国史诗《贝奥武甫》(*Beowulf*，无名氏所作)，长达 3182 行，算不算拖泥带水？

正因对话多的偏爱，我不嫌语言学论述之宏论，不怕佛典经文之巨篇。对家父、家母和家内的无限重复，欣然受之。凡是有智有情的东西，不能嫌多。

话少，那叫精致。俗话说语言以简洁为贵，那么诗是简洁之最了。

读过一首短诗，全文就是“生活——网”，三个字，算不算话少？庞德的《在地铁站》(*In a Station of the Metro*)：“The apparition of these faces in the crowd; /Petals on a wet, black bough.”(某译文为“人群中这些面孔幽灵般显现；/湿漉漉的黑枝条上朵朵花瓣。”)连一句话都不到，只有两个名词短语(NP)，算不算精练？还有更为吝啬语词的，一首叫作 *Like Attracts Like* 的立体诗就这三个词不断地堆砌，而三个词的距离越来越小，直到局部或完全重叠。*Au Pair Girls* 是一首只有一个名词的立体诗，反复重复，切割成花瓶状。*Joseph Richardson* 的立体诗，就一句话："Everything I am not /Makes me everything I am."。这些算是惜字如金吧。还有小说家雨果追问出版社的一封信只有一个问号，那是最简洁的信件了。虽说不是一般意义的诗，但特有诗意，就是诗了。不是也是。

最近苦于外孙女缄默寡语，教她基本的认物、称呼、数数，进步甚微。苦中作乐，于是有了《寄语 Becky》《小 Becky 的控诉》等诗。

在诗文中，语词多少不要紧，都是作者的优选。而我，在多话和少话中犹豫，徘徊，纠结，痛苦，喜悦。

最敬佩诗人话语生成的超凡能力，何况尽是诗情画意的话语。如果没有时间读小说，总能挤出一些时间碎片来品读诗歌，不论是一本诗集，一首诗篇，或是一两个诗句，如：

"To be nobody but yourself in a world which is doing its best day and night to make you like everybody else means to fight the hardest battle which any human being can fight and never stop fighting."(在这个日日夜夜竭尽全力使你成为他人的世界里竭力做你自己意味着打赢最难打赢的也是全人类毫无例外地持续不断地过去打现在打将来还会打的战役。)再如"The three saddest things are the ill wanting to be well, the poor wanting to be rich, and the constant traveler saying 'anywhere but here'."(世上三件最可悲的事是病者盼康复，穷者盼阔绰，以及东奔西走的人说"除了这儿哪儿都行"。)三如"For whatever we lose (like a you or a me), /It's always our self we find in the sea."(不论失去什么(例如一个你或一个我)/在大海上终能看到我们自己。)四如"Trust your heart if the seas catch fire, live by love though the stars walk backward."(如果海洋着火了要相信你自己的心，虽然星星在倒退，要靠爱而生。)五如"Whenever you think or you believe or you know, you're a lot of other people: but the moment you feel, you're nobody-but-yourself."(你思想、你相信、你知道的时候你是很多他人，而仅当你感觉时你才是自己。)六如"One's not half of two; two are halves of one."(一不是半个二，二是俩半。)七如"Unless you love someone, nothing else makes sense."(除非心爱某人，否则一切皆无意义。)八如"Life's not a paragraph /And death i think is no parenthesis"(生不是段落/而死也并非圆括号)。

不敢与大师媲美。只是有感、有知、有爱、有恨，权且充当日记、周记、月记。此外，不想促成一些人的偏见："语言学和文学是两张皮"，老死不相往来。爱语言学，不必恨文学。我想把语言学和诗爱到底。

与2014年的习作《侯国金诗萃》类似的是，这本集子分两部：前者为笔者涂鸦创作，又细分为英语和汉语两节；后者则为笔者笔译，可细分为英译汉和汉译英两节。接近两百篇。不敢和莎翁比质，只能比数。

除少数例外，大多是笔者在"蜀国"和"南国"(工作时期)的写生。书中凡未明示者皆为笔者所写、所译。感谢杨加伟和吴浩浩翻译了笔者少数习作；也感恩在华侨大学"果香读赏会"上，在微信群里，为我校对的各路友人，如冯梅、孙红婷、秦中书、周文智、王燕梅。感谢弟子陈磊和何紫砚配图。

更远的纪念，感谢教我文学的张禹九教授、叶红教授、St. Dwight John教授，虽然所记所剩无几。

目　　录

第一章
俗事俗诗涂鸦

第一节　十四行诗及其他英诗

第一小节　华园十四行诗

1. Ten Cautions for Rose①

A household wizard thou art I know well,
But these ten cautions in mind for ever bear:
Water matters but too much makes life a hell.
In online chatter water ran everywhere.
Sure power is power. Turn off each light—
It can devour lives and wine made by you.
Of greater harm is a high fire at night,
With His fine blesses one'd come to rescue.

---

①　起草于2017年1月28日，《Rose的十项注意》。水、电、火、毒、刀、钥、摔、踩、药、咬。

水：注意关水。还要注意别让开水烫伤自己或他人。

电：注意关电。不要以湿手触摸电器。不要自以为是地胡乱修理或安装电器。必要时聘请小区的电工。

火：小心火灾。蔬菜等洗好切好以后才能准备炒菜。做饭时不离开厨房。

毒：小心食物中毒。主要是远离变质或廉价食品，还要尽量不留剩饭剩菜。至少做到剩饭剩菜不留到次日，更不能留到第三天，不论是给人或狗的食物。

刀：用刀时注意安全，用完还原，放到幼儿触碰不及之处。其他锋利物品都要远离小孩。

钥：钥匙随身带。千万不要把钥匙遗留在门锁中就离开了。

摔：不要摔坏东西，更不要摔坏孩子。

踩：不要左右摇摆，不要后退，因为这样会踩着狗狗和小孩。

药：及时吃药。也不能过量。

咬：采取戴口罩等措施提防狗狗咬人，避免人财损失。

2018年1月9日改写成英语。

Then poison comes from old food, doctors said.
Knives cut. Keys open. Keys left in the door,
Enrich the thieves. Don't slip or fall or tread
Our dogs. Please promise they will bite no more.
La vie en rose, on herbage, don't forget, pray,
Three pills a day keep Mrs Death away.

萝丝十留心

翻译：杨加伟

勤俭持家一把手，萝丝挥舞魔法棒；
温馨浪漫房变家，十个留心驻心房。
水能载舟亦覆舟，莫把河流引到家；
网络聊天不可痴，水漫小家舟可荡。
电力无穷须谨慎，人走灯关不伤身；
若是电魔任意行，不保美酒与佳人。
夜幕降临防明火，惹火烧身谁能救？
菩萨保佑祈平安，消防大哥水来喷。
病从口入医生说，残羹冷炙少为妙；
刀具钥匙勤收拾，门外钥匙助贼盗。
优雅从容勿慌忙，滑倒跌倒痛难消。
爱犬切记勤管教，莫将路人再次咬。
萝丝萝丝请谨记，良药苦口上帝佑；
一天三片需牢记，死神不来将门叩。

2. The Bacon Sonnet①

Yes sir, knowledge's power, I know. But what
I learned when young I was and of course naive,
Was "Knowledge is power, France is bacon".
But why? And why? My self I don't believe
That I consulted teachers and great men
Whose over-explanation goes, far-fetched,
Exclusively to that first chunk. Meant what?
A child even my younger bro gets it.
This happens so oft, so oft, but why France?
And baked or boiled fried French bacon? Beacon?
Oh my high lord, none did my sight advance.
From school to school I won a decent score,
And in a book not rare but cheap I saw:
"Knowledge is power—Francis Bacon".

培根十四行诗

翻译：杨加伟

打小我就听过“知识就是力量”，

① 写于2018年1月7日，根据好友王家芝转发的一个微信改编。想起《皇帝的新衣》。

懵懂天真的我学到的却是这样：
“知识就是力量，法兰西是培根”！
许久的思量掩饰不住无尽的迷惘。
学校里老师名家一一请教，
他们的解释完全跑调；
“知识就是力量” 童叟皆知，
根本无需将文字来嚼。
此番解释耳熟能详，可法兰西为何？
熏煮煎炒的法式培根？还是法式贝壳？
神啊，我一头雾水无法前进，
学校一所又一所，分数刷新又刷新。
不经意间书摊挑本廉价书，我读到：
“知识就是力量 —— 弗朗西斯 · 培根”。

3. The Poplar Tree①

The poplar tree! Behold the poplar tree!
Thou weather rough winds of all the seasons,
So high into the sky, like a spirit so free.
Once born, thou last a thousand years, no reasons,
To laugh at forty centigrade, what heat!
That burns anyone to a mummy. Opposite,
To freeze like fish in fridges or meat.
Alkali, salt, it's not thy fear, isn't it?
Nor fearful sand-blown winds e'en camels dread.
Alone thou set roots deep and deep all o'er—
Below thy feet, an earthbag for a bed:
A plateau where derives nutrition.

① 电视剧《风筝》第 45 集中周志乾对弟子马小五说及西北的胡杨。

When dry, half dead thou fail not or fall.
Now fallen down, no rotting sign after all.

胡杨

翻译：杨加伟

胡杨！看那极地之胡杨！
季节轮回不惧迎面风浪，
云霄直上高唱自由之歌，
千年不倒谁敌你威武雄壮！
上下四十度你宛然一笑，
灼热如木乃伊般将人烧焦，
冰冷如冰室般鱼肉裹冰，
任由碱盐之侵金身不倒。
无畏那骆驼掩面的风沙，
黄土地下深深把根扎。
脚下土包是你的温床，
宛如高地营养之家。
干旱摧不倒你的屹立，
摧倒了躯体灵魂相依。

4. Hush You Guys①

No power in the world has as great a power
As the vocal power for its needle-like piercing
As witnessed daily or nocturnally in SISU my school
Where in the depth of night for an uninterrupted half-hour
Dogs and sons bark with boys in a rented house wolf-calling
And one or two kids cry like hell up or downstairs
Where in the early morn dream each wakes up and stares
At the Red Army Songs and ONE-TWO-THREE sounds
From a pack of un-grown-ups patterned and programmed
Doing nothing else in a military school by the railway
And where a few minutes later come the noises
Of women shadow-boxing on the sports-grounds
And stallholders and Northwest Stretched Noodles
Downloading goods off vehicles honking by six Goddamned.

嘘，你们

翻译：杨加伟

遍寻世界力无穷，
刺耳之声谁争锋；
莫如川外日夜聆，
夜深人静两刻钟。
汪汪哇哇犬婴叫，
楼上楼下齐叫嚣；
晨梦惊醒充耳闻，
红歌高奏把数报。
立正稍息把头昂，

① 写于2014年1月28日，中国春节前夕。

少年军训铁路旁。
须臾又来悠扬声，
太极男女精气神。
西北拉面又小面，
卸货喇叭鸣断魂。

5. Longevity Ensured①

A long long life how to ensure? Or to lengthen,
Double, quadruple a lifetime? The blind, you see,
Live with the nonblind and share their sights and sighs
By ears, like Paradise Milton and Jumping-Frog Twain
And Yang Guang that sings, a Chinese Pavarotti.
All bats, to be sure, live by ears and tails,
Cashing in on all insects and mammals.
By eyes the deaf share what a nondeaf hears.
Little Helen watched her mother as she spoke
And learned to spell and spell out tales.
There come the slow and the stupid, what a pity!
To be glad sharers of you-know-what know-how
Of the quick-minded and the quick-tongued minority
By reading—unalterable law for past and now.

长生不老②

翻译：吴浩浩

长生不老，人之所想。
何之致也，荏苒韶光？

---

① 在2017年6月22日的“果香读赏会”上写下的。
② 译于2017年6月25日。

此言差矣，听我且唱。
今有盲者，频频顾望。
纵无明眸，心如往常。
感人所感，哀而不伤。
昔有弥翁，两鬓苍苍。
但凭耳聪，叱咤天堂。
跳蛙吐温，旭日阳刚，
遏云绕栋，帕瓦东方。
蝙蝠虽小，耳尾导航。
翩跹夜空，一笑何妨。
亦有聋者，能辨笙簧。
如之何也，耳辨为详。
海伦年幼，偎母身旁。
手摩指触，会说几行。
春来秋去，驰骋文疆。
纵然冥顽，命不可荒。
疑义共析，群友同窗。
贤人智者，亦应读赏。
古今中外，肆意徜徉。
乐享忘忧，地久天长。

6. Di-Sonnet Ode to Eleven-Month-Young Funian's Sudden Visit①

Behold me, eleven months of age,
Matched with eleven hundred years of heart and soul
Plus ten kilos of bones and flesh, hair and heir,
And one hundred kilos of hybrid courage,

---

① 蒋赋辇，别名“衡九”，是爱徒蒋庆胜之子，由本人命名。2014 年 2 月 5 日，衡九携父母造访寒舍。遂以诗文纪之。

I have holding power of nineteen *jin*, I declare.
Scattered with colours, the floor, the whole,
They are mute and hi-tech-proof toys
Do annoy me and any good boys.
I crawl and climb, never falling short of sleep.
Day by day, hour by hour,
I try adults' body and mind and test their patience.
To play and snap up a will is one of my specialties,
To foster a daymare of being on my feet, in months.
Kernel of household stuff and necessities,
Highlight of noises, focus of motion and action,
I delight in seeing all round me, not to go to sleep.
King of reptiles, I crawl.
My mom's hubby's tutor's four-foot white doggie's
Not bigger than me, oh by George,
To carry his body like run and fly should he be able!
Writing utensils on the big desk, I like them all,
Knives and scissors and stuff described as immovable.
My favourite sport of course is book destruction,
Hell! Like Band 4 English, ABC of Nipponese and Korean,
Poor poetry by big men from memorable dynasties.
To crawl and scrawl, and piss each piece in peace,
By cargo and chariot I swear and tear,
By year and month till I carry my self like George.

赋犇衡九十一月微服私访之双十四行诗赋①

十一个月的身体，

① 自译。

一千一百岁的心灵，
二十斤的肉骨毛皮，
配上二百斤的混血胆气，
我有恒久的十九斤握力。
五颜六色的玩具满地皆是，
尽是些不发声响毫无 hi-tech 的静物，
一个也不能入我的眼里。
我爬攀，我攀爬，从来没有睡意，
日复一日，以小时计，
折磨其身心，考验其耐力，
我的专长是玩物立志。
正孕育那数月可及的站立梦想，
我是柴米油盐酱醋的要点，
是噪音重点，是动作焦点，
男女老幼围我打转决不许生厌。
我是爬行动物之王，
师公师奶家那四脚白犬，
个头跟我大概相差无几，
却为何能行走如奔若狂？
笔具我都比较喜欢，
还有菜刀、剪子以及一切不让动的物件，
最爱撕毁那些装帧精美的名篇，
什么英语四级！什么日韩入门！
什么楚歌汉赋唐诗宋词！
我要涂鸦，我要尿染，
一辇一辇，尽情尽意撕烂，
一年一年，伴我直立成年。

7. The Lady with a Dog

Who do you think you are to dare to go
Walk the monster by a string round white hair?
Thirteen kilos led by thirteen kilos, O!
Docile by you in th' grass, he makes all stare.
A girl of less than two, about th' threshold
Of babbling infancy whilst, about thirteen,
A canine grandpa your little fingers hold
Wide-eye starers all share that question
From youth to age, by wits close to men
He fought dogs and cats repeatedly with grace,
And sent sharp incisors into nine or ten
Weak women, making his master lose face
And currency, enough to raise ten more.
Hence girl, be cautious, he can be a bore.

遛狗女士

翻译：杨加伟

遛狗女士胆包天，
白毛怪兽手中牵。
十三公斤庞然物，

温顺如羊众人羡。
女孩咿呀约两岁，
白发野兽与其会。
指尖拎绳若无力，
众人皆问心生畏。
斗猫斗狗显风采，
只差半点人比肩。
锋利门牙伤九十，
主人掩面又无颜。
赔钱无数兽生祸，
祸水难收谁之过？

第二小节　颂歌、挽歌、讽刺诗

1. Ode to the Chameleon①

Reptile I am in nature, botanists say,
But unlike lizards and snakes,
I live on high trees, what a buoyancy of green!
Slow very slow I am, and I crawl by mini- or nano-inch
And my tail, longer than that of a spider and monkey
Enjoys the play of rolling up an old branch.
Two small revolving eyes on a triangular head,
Two pairs of long legs underneath a flat froglike body.
Why should I be so breath-sensibly close to my prey,
The thing I loathe and lick, who abhors and adores me,
Without my knowledge? Instead my habit is to keep a safe distance
For tongue surprising. Oh, what a flesh boomerang!

① 写于 2014 年 5 月 27 日。

That does her in, in a 1/25 sec or more swiftly—
Butterflies, grasshoppers and more such mean beings.
At times, even a frog for his noises disturb me thus.
Even longer than my body, my tongue is the king of kissers,
Without ulterior poison, it is born for anything but speech,
For I talk to peers otherwise. I give them various colours to see,
Indications of thoughts and psyche of which I am ne'er short.
Males and females respond not exactly the same way.
Jane and Joan and Judy are being hot like a hot dog.
Quiet inaction, incarnation of a remotest forest antihero.

变色龙之歌

翻译：杨加伟

植物学家说我是天生爬行家，
不像蜥蜴不像蛇。
住在高高的树上，一抹轻飘的绿色！
微米或纳米英寸级的行走，
长尾比过那蜘蛛与猴，
卷起来爬一根老树干真是享受！
三角头上两只旋转小眼睛，
四只小腿撑起我扁平的青蛙般躯体。
没必要亲近我的猎物，近到察觉到呼吸，
厌恶之垂涎之，讨厌我又崇拜我，
我却蒙在鼓里？我习惯保持安全距离
舌头突袭！哈，多神奇的肉肉飞旋镖！
1/25 秒或更快，快如闪电般
结束蝴蝶蚱蜢此类卑微的生命。
偶尔青蛙也不饶恕，连我都受不了它呱呱大叫。
舌头长于身躯，亲吻之王舍我其谁，

无毒之舌，除言语之外无所不能
言语之外的交流，我用各种颜色，
表达丰富的想法和内心。
雌雄反应方式不尽相同。
小芳小梅和小丽，都像热狗一样炙手可热，
安安静静不露声色，深山丛林中不走寻常路的英雄。

2. The Colourful of Nature—Dedicated to Professor Ziran He①

Why?! What does it mean?
The flower by the river to the river bug
that stays and plays that dumb game
in the flower of a flower. Oh my!
Does he take or give?
To a snail? To a butterfly?
For I occasionally see such beings there
as if I did not.

Lily, rose, chrysanthemum, peony,
myrtle, buttercup, lotus, fleur-de-lis,
orchid, azalea, hyacinth, and all others...
all kids of one paternal flower.
Are you flower or grass?
Or both? Or neither?
Or grass in flower? Or opposite?
One flower or two, Siamese twins—
or my God two in one—

① 献给何自然教授（八十诞辰）。发表于《语用人生——何自然教授八十华诞庆贺文集》（北京：高等教育出版社，黄国文等主编，2016：15-16页）。

so that I don't know which to love?

Oh, flowers of uncountable shapes and colours,
their being to charm by their varied charms.
Sure beauty is beauty,
and as I know well, ugliness also is beauty.
Bright ones dazzle eyes mortal,
the grey and the dark soothe hearts brittle.
The named ones plus the unnamed ones,
plus all those unnamable ones,
in untrodden heights or on deep seafloors
all mean a thing—what we pretend to know.

Why some choose to be large,
like a big northern wasteland blonde beauty,
And others pitiably tiny
like little Chinese girls
of a premature age from tropical south?
I see a few that are really grass,
and trees and undergrowth with flowers.
And also mushrooms and grasses
in the midst of little flowers.
If some plants bloom for the harvest of fruit
others bear no functional stuff.
No one knows why,
but this is why
flowers are born for bugs,
as women for men,
the moon for the earth,
the earth for the sun
—all naturally.

多彩自然——献给何自然教授

翻译：杨加伟

此为何哉，意义几何？
江河之畔，花之佼者；
弄花之虫，驻足花蕊，
嬉戏其中，莫名之乐。
花之所求，是取是给，
为蜗牛乎？亦为蝴蝶？
偶于溪边，见此花虫，
花虫见吾，却不停歇。

百合玫瑰，菊花牡丹，
桃金毛茛，兰花杜鹃，
莲花鸢尾，风信云云，
花之佼者，桃李万千。
试问诸君，亦花亦草？
两者皆然？抑或皆非？
花中之草？草中之花？
或单或偶，抑或连体？
地设天造，合二为一！
如斯者也，孰轻孰重？

形态各异，斑驳陆离，
多姿多彩，故生魅力。
美即是美，理所自然，
在吾观之，丑美无异。
凡人之目，绮丽夺之，
脆弱之心，暗淡慰之。

有名之花，世人皆知；
无名之花，存世未知：
人迹罕至，幽静深山，
万寻深渊，隐于海底。
万物无穷，众生佯知。

花有硕者，亦有微眇。
如硕者也，漠北窈窕；
如微眇者，粤南玉立。
草木植被，花开其身，
蘑菇青草，百花中寻。
植卉千红，多为韵梅，
有花无果，孰知原委？
细思苦想，恍然一悟：
花之招展，为百虫也，
女之梳妆，为慕男也，
月之圆缺，为地球也，
地之阴晴，为太阳也。
万物之律，自然者也。

3. The Chair and the Chairman①

I am a wooden chair, now old,
Seeing all he has done in 5 decades.
He started by being seated on my face
All naked and wet, kicking like that.
Then I saw him reading the first lesson
Of grammar, "Long Live Chairman Mao!"

---

① 写于 2014 年 5 月 27 日。

Followed by some years of more homework.
A mineral torch, some cheap pencils.
A teenage playboy bound onto me.
Time passed so quick he was married.
He had his wife, a big woman, sit on my head,
Sometimes two. And he never minded his language
Or action. Also with me he learned *New Concept English*
And Japanese and shadow boxing and driving.
He grows older, not changing his weight for years.
The lucky chair witnesses a conversion. Namo Amitaba!

椅子和主人

翻译：杨加伟

我是一把木椅，老去的木椅，
目睹他五十年来一切的往昔。
回家第一次坐在我的脸庞，
乱踢的脚裸露未干的肤肌。
第一次语法课我亲眼目睹，
“毛主席万岁！”妙语连珠。
尔后几年家庭作业有增无减，
一盏微光几只铅笔常伴书屋。
曾经形影不离的逍遥少年，
婚姻殿堂感叹光阴似箭。
女人一二偶尔端坐，
他的言行开始不加收敛。
伴我耳边的“新概念”，
日语，科一，太极拳。
年轮改变不了身材，
幸运椅见证了脱胎。
南无阿弥陀佛！

4. Dollar-Thirst①

Lo, Peter, you always say you are poor
And want money, nothing but money,
But you are so rich, 'cos you have, I'm sure—
A heart worth 997700 dollars, if somebody
Lying helpless in goddamned hospital needs it,
And a liver cheaper—$557100—that's sufficiency!
Two kidneys each worth $262900, and two corneas
Each worth $24400—if you can afford to sell it.
Far from that, I don't suggest these flesh sales of course.
You are rich in poverty whilst many many and many
Of us, among us, wretchedly wretched in riches
Burning our bodies secondly for more money
To burn, or to pay people in white in due course
who unlike a robber come at all our savings.
This chariot of ours, driven by the king of drivers
By the same mortal name, goes crazily speedily
Uphill or downhill to an unknown direction till
Once and away, one dark midnight break-down kill.

金钱欲

翻译：杨加伟

彼得总说贫穷扰，
除了钱啥都不要。
可你已是大富翁，

① 写于2014年9月7日。

百万之心咚咚跳。
肝肾角膜价不一，
八十五万可总计。
若是有胆黑市售，
腰缠万贯富可期。
器官买卖不可做，
外贫内富羡慕多。
君不见那透支者，
燃烧身体多折磨。
白衣天使数票票，
打劫积蓄比强盗。
血肉战车自掌舵，
风驰电掣过山啸。
忽上忽下路何方，
午夜飞祸将身葬！

5. Plum That Is Elegance①

Pride of E, home of gold and copper and iron,
Hot pepper and tempers plus noodles water-free,
Incredibly Li means Plum and Na means That Is Elegance,
That That Plum makes a unique woman.
That Plum is more delicious than Chasin's,
"Full in the mouth" and rising like Chang'e 1-3,
Or a pretty Plum from a tiny eyeball-like bud
That lures an E girl like that to love a green ball,
That all E guys discuss her Wuhaner smile

① 2013年1月25日，中国除夕，李娜在澳网摘得金牌。想起狄更斯的"with an E"短语。我的"E"是"鄂"，家乡湖北之略。

And her Band-4 China English cos twice by racket
She held that cup in that kangaroo's Melbourne,
That all world knows Asia and E by that green ball
Flying high over green, that all dads kill their son
That they can have a girl, or no heir, that's it!
That all men want to be women and women
With Dickens's E just dream about That ball.

李，娜

翻译：杨加伟

金铜铁的娜故乡鄂，
辣椒，辣人，热干面，
李娜李娜李子袅娜，
李氏女子举世无双。

此李之美胜蔡辛笔下，
“满腔之感”，飞天嫦娥。
如眼球般的胚芽冒出的李，
吸引鄂娜之女坠入绿球爱河。
鄂人皆迷娜武汉式的微笑，
还有娜四级英文。
袋鼠之乡墨尔本两次捧杯，
绿球照亮了亚洲和鄂娜。
你家我家，儿啊你为何不成钢，
女儿多好，要么不要！
世间男人憧憬着做女人，而女人
心怀婀娜的鄂娜，追逐着绿球之梦。

6. Homo Erectus Thou Made①

My granddaddy and grandmommy,
Nay, theirs, and their halabochy's
Ojeesan's grand-père and grand-père paternal
All crawled like a tortoise, and walked like a chimpanzee,
And that—that pose and posture—altered them.
Half a kalpa past, O behold! What's that gadget?
On each writing-table there is a magic square
Semi-plastic and semi-metal, Microsoft yet hard,
Singing all songs like a Naiad of a highland lake
To loud music fit for plazas de toros.
Strangers chat nonsense for hours by tongue or fingers,
Big biz occurs between businessmen not knowing each other.
You kill me and I kill him, just for digital points.

---

① 某友赠我计步器。每天戴着，不走不行。于是常走。写于 2015 年 4 月 19 日。

Girls are animals preying on Korean movies
and occasionally Hollywood's Bruce Lee and Disney.
We all hate walking and we sit and sit
Between a chair and that lovely monster,
Bottoms glued fast on the chair except for a shift or shit.
We see things like a seal, backbones aching up to neck,
Making brains slow and dull, till now—yes, with your passometer
The two feet carry me daily thousands of feet,
I am the first and the last that rounds the western ground.

你造就的直立人

翻译：杨加伟

我爷爷和奶奶，哦不，
还有他们的祖父，祖君，太公，
祖母，重慈，庶祖母，
爬行如龟，行走似黑猩猩。
半百之躯已不直立。
看啊，那是什么小玩意儿？
书桌上神奇的方形。
半塑料半金属，微软但偏硬，
会唱美妙乐曲，宛如高地湖泊的精灵，
响彻空气，又若西班牙斗牛曲。
素未谋面，动动舌头或手指可聊数时，
萍水相逢，大买卖手指间敲定。
你杀我，我杀他，只为那些数字。
韩国电影成了女人的猎物，
偶尔也品尝李小龙和迪士尼。
我们都厌恶行走，死死坐在
椅子和可爱的怪物之间，
除解饿解手外屁股紧粘那平面。

宛若海豹般眼神，脊骨疼到脖子，
脑子迟缓不灵，但如今——有你的计步器
两脚每日载我几千英尺，
西区操场一圈又一圈，最先到来最后离开。

7. I Regret the Argie①

I regret the argie-bargie
with you all, especially with Maggie and Viki.
The issues we discussed in reality
were nothing but triviality
yet each time we rowed and fought
with our tongue and never took it easy.
Now, they say, the course is finished
and you'll each go to an Innisfree.
I'll miss you all, Alan and Estella, and Audrie,
whose quick wit from her recesses
arrives invariably with a tint of dilly-dally.
Bon voyage, my English friends.
I do regret the argie-bargie, woefully.

我后悔舌战

翻译：杨加伟

我后悔那些唇枪舌战，
玛吉，维基还有那些伙伴。

① 很多年前，我在湖北大学任教时，被派往钱冠连教授的家乡仙桃临时任教，碰巧和志愿支教的一批英国长者共事十天左右。常散步聊天，家内还和她们打得火热。她们告别时万分留恋江汉平原的仙桃，我也舍不得她们。故有赠诗（作于2002年8月2日）。

喋喋不休的是与非，
只不过琐碎而平淡。
溪上泛舟唇枪齐放，
嗖嗖语弹，决不退让。
课程圆满背上行囊，
茵尼斯弗里就在远方。
艾伦，奥黛丽，艾丝黛拉，
诸位在我心中有地位。
尤记奥黛丽机灵鬼，
总慢半拍却满座惊异。
一路顺风，英吉利朋友，
唇枪舌战，再辩何期？

8. That Countenance①

Your face, with the little bridge of the nose
That is a classical Chinese ink stick,
An interesting upside-down pose,
And the little mouth with its angulus oris,
And the small fans on both sides
That can catch and snatch sememes
Of love even the least significant,
And the big twinkling see-thro-heart eyes,
Black pearls on a brown canvas
And the long curly hair, a dark waterfall
Down its intricately moving countenance,
Was born for each touch of my each long and thin finger,
And each feel of my each feeler—if you like it (so it seems),

---

① 纪念 Maria 以及她的朋友们。写于 2015 年 5 月 15 日。

Why pretend otherwise? Your taste's a magnificence
When you hold yourself all by yourself,
So long, so tight, within yourself,
All closed in the shell of a good woman's timidity
And of itself swells big and open,
Organ by organ, cell by cell, by instinct or itch.
Ah, to see your face, and her colorful changes—
Negation or refusal, so well veiled,
Or unveiled to moonlight, a blind exploration.
I'm there with you before departure
And the day is one minute short
And before another departure
I begin to miss you for the complexity
Of the face I know so well. Or do I?
To gulf or to be gulfed, any difference?

那副面容

翻译：杨加伟

你脸上，鼻梁小桥，
一支传统中国墨条，
妙趣横生的上下颠倒，
樱桃小嘴扬起的嘴角。
两边小扇左右各一，
捕获语义通灵会意。
蜜语里那些只言片语，
难逃其一一分析。
闪烁的美瞳把心看穿，
棕色画布黑珍珠的璀璨。
卷发飘飘是那乌黑的瀑布，

沿精致的面容倾泻如涓。
为每根纤指每次触摸而长，
每个触角百般感受——若愿意（看似这样），
何以佯装？你的品位就是时尚。
亭亭玉立，
这般紧致这般修长，
容于淑女羞涩的外囊。
一个个五官，一个个细胞，
本能或瘙痒驱使它膨胀舒张。
啊，看你的脸庞，多彩的变化——
鄙夷或拒却，布上面纱，
抑或暴露给月光，盲目的搜查。
临行前一天白驹过隙，
你走的瞬间，那般驳杂，
那熟悉的脸颊。熟悉或陌生？
吞噬，被吞噬，有何不同？

9. Fruit- and Summer-Hater①

I am neither tall
Nor big nor pretty.
My name? It'll be "Dimocarpus Longan Lour"
If you like formality.
"Dragon-eye", "laurel-round", even "wit-spur",
"Sheep-eye", or "bull-eye", for brevity.
I hate to bear so many nicknames.
I am an infidel outsider, you know,
An ugly hybrid, of totally mixed blood.

---

① 2015年9月20日，写给选我做导师而因为指标限制被拒绝的Hazel。

I have cousins all over the world,
In Fujian and South Queensland and Hawaii,
OMG! For laconic effect call me "longan", that's it.
They don't look at me when I am bare
And stare at me in my summer's Sunday clothes
Covered with the bunches of brown pearls.
Thieves, all of them, T&S, M&F, TMD,
They rob me like Robinhood and his men
By dirty tongue and body and their united action:
My hear is all torn off, my limbs too.
I am sickening now momently,
Guts shattered, from inside out.
Suicide is illegal in my terrain.
I may go any time, I can feel it.
If there's no if, this is my will:
I hate my names and my fruit, wishing
To be a blade of grass in wild wilderness
In the next life! Or is there a rebirth?
Forty days ago I was laughing at Mango,
My HQU neighbor, and I am so sure
He must now be laughing at me,
Cursing me the same worse and worse disaster on me
In each summer-end till my life-end.

厌水果厌夏季的人

翻译：杨加伟

我不高
不壮也不帅。
我的名字？叫“无患子科龙眼属植物”，

如果你偏爱正式。
“龙眼”，“桂圆”，抑或“益智”，
“羊眼”，“牛眼”，简洁称之。
讨厌，这么多外号。
一个异端局外人，你可知晓？
丑陋的混血，杂交的纷扰。
这里有表兄那里有表弟，
福建，南昆士兰还有夏威夷。
简洁起见干脆叫我“桂圆”，我的上帝！
裸露时他们视我不见，
披上最美夏装引得垂涎，
一串串棕色珍珠繁星点点。
盗贼，所有的盗贼，操蛋的土鳖，
像罗宾汉一帮人似的疯狂打劫，
污言秽语动手动脚不停不歇：
耳朵撕裂，四肢分家，
顷刻间心如针扎，
从内而外，毅力坍塌。
在我地盘却不能自杀，
随时没命，头颅抛洒。
若无如果便许下心愿，
我对名字和果实无比厌倦，
唯愿是那荒野丛生的绿草。
在来世，或重生的原点。
四十天前嘲笑 HQU “芒果” 兄，
如今他却讥讽我二不隆咚，
夏秋临近，弥留之际，
等待我的，最深处的痛。

第二节　汉诗小辑

第一小节　“蜀国”旧思和川外情节

1. 红岩彩霞①

渝州西北，歌乐山下，
川外之侧，红岩彩霞。
伦敦塔高，巴士底低，
难比红岩，地狱十八。
云峰无畏，每日拷打。
江姐若男，刑具不怕。
老者子良，逼疯弄傻，
哀哉振中，萝卜嫩娃。
“重新做人”，“廉耻事大”，
“坦白从宽”，戴徐力乏。
牢深地坚，皮肉开花。
铮铮铁骨，遗恨白渣。
王朝即倾，红眼屠杀，
平顶百骨，血染白沙。
松涛阵阵，泣诉华夏。
松鹤不鸣，哀声早哑。
红梅怒放，红岩精神。
救国求是，光复中华。

---

① 写于2014年3月26日。

2. 嘉陵江遗恨

东辞江头赴江尾，
弃淡投辛有十年。
青壮遗梦殉忠鬼，
徒添华发三千根。

3. 师恩图①

青坡灿灿野花香，
山肩呖呖松鹤唱。
红日踩云戏峰间，
飞虹驾雨落万丈。

4. 二文演义——为廖国强等的新作所作之序

梵经引来两千年，
汉藏高低寺斐然。
文史无足行万里，

① Susan 和 Helen 赠图一幅。画上的内容大致如此。写于 2014 年 1 月 29 日，以防遗忘。

商船下海译先行。
恺撒作揖着长衫，
孔丘西游不需髯。
拆毁琼楼鸡窝建，
砸锅售钢为哪般？
自古舌人言换盐，
首尾镣铐舞若仙。
直走形似意欠达，
园径求神傅雷癫。
尊意原音犹绕梁，
敬人不见君尊颜。
译海泱泱诗骸烂，
捞铁淘沙搏有年。

5. 马年春祝①

谨语慎行超公瑾，
祝门才子胜唐寅。
胡适东西无不精，
文治治世靠商经。
胜景经纶十万篇，
君侯啧啧不等闲。
马上十八笑美髯，
年帅亮功镜从前。
学如韩氏少学劝，

① 十八九岁的胡文胜为犬女家教之学生，时为某高校大一学生。寒假回家过年，随父母宴请侯家。赋诗一首（藏头诗），以为答谢。“马上十八笑美髯”是双关，快要十八岁，留有胡须，笑起来很灿烂；或者是三国马超年轻英勇敢敌关羽。“年帅亮功镜从前”是说清朝大将年羹尧（字亮功）应该作为前世之车或后世之鉴。“成龙西洋戏双李”是说演员演艺高超几乎胜过李小龙和李连杰，也暗祝小胡成龙成凤。2014 年 1 月 30 日。

习依夫子春秋见。
成龙西洋戏双李，
功圆德盈公卿羡。

6. 译天半似——致谢①

译潭奇葩娇不谢，
天雨斜阳虹小饮。
半阵春风送蜂蝶，
似笑青竹节节空。

7. 是非歌

刘非王是孰是非。
张说非来李说是，
道法有道是非非，
岂是大家是者是。
以物所非求其是，
所是正是其非是。
以物所是证其非，
非是非得是其是。

8. 博文楼姓侯否？②

博文楼，我的楼，
寂静不再，宽敞不再。
偏僻的三楼办公室

---

① 写于 2014 年 4 月 13 日。谢天振教授到四川外国语大学讲学。
② 2013 年“川外”博导遴选之中期。

还是我的世界，安乐不再，
自在不再，窗外，
屋顶的破砖如丘堆积，
验证了渝州人的嗜丑怪癖。
小鄂人走了，不见年才的小身影，
仁龙去矣，收起乒乓羽毛器材。
非川外人家的狼狗比以往还要彪悍，
曾把门牙安放到爱犬的背上。
是铁路非铁路，黑黑的，臭臭的，
日夜吵闹的军校，那头遛狗正忙，
猛回头，两校的建筑斜斜歪歪，
连同那个红红的塔尖非汉非外的造型。
操场人杂，全是陌生的熟人。
上边的弃地，一直是还是将是弃地。
G 和 B 不介意偌大的便所天然。

9. 致 George①

别了，好孩子，
你要听话。
谁的话？你看着办哈。
10 楼的大狗禁止招惹。
收发室女人和王某人的狗也是的呀！
你算一条老狗了，不要再露牙了。
老教授楼下面的猫食，
顾名思义不是狗食。
被遛时要紧跟，
不要像前年那样玩失踪，

---

① 写于 2014 年 8 月 28 日。

或者像那个失联女。
家里有肉也要少吃。
没有也要习惯素食。
不要和 Bisop 较劲，
我知道你妈妈偏爱他。
他是茄子，冬瓜应该让着他。
姓刁姓李的还有左邻右舍敲门，
你练声要适可而止。
雨天让姐姐给你披上雨衣。
总之，总而言之吧，
爸爸不在的日子里，你要听话。
再见吧，我唯一的牵挂。

10. 不用解释

不用解释
你再怎么解释
我再怎么包容
我也无法理解
你为什么总是当众
泡妞、撒尿、拉屎
拉完在草地上开拖车擦拭
而在我们多少人努力
同化的第十三个冬季
作为一只步履蹒跚的老肥肥
你的胃口怎么不减反增
连弟弟和野猫的剩饭也要抢食
趁我们不注意
打翻垃圾篓寻寻觅觅
那些无肉的刺刺皮皮

在我们遛狗时
你怎么爱走不走的样子
或者拽着我去人类不好意思
去的旮旯角落
走到哪儿吃拉撒在哪里
或蹭掉好容易穿上的冬衣
或蹭上满身的奇臭无比的鸡屎
最不能理解
你怎么还在无偿证实
人类那句最丑的格言
什么东西改不了吃什么东西

11. 调离申请①

各位领导：

你们都好！

川外收留，接近十年，关心备至，破格提拔，感激之至，略尽绵薄。川外升大，更有申博，卓越成绩，普天皆知。卑职力微，恨无贡献，倍感汗颜，日夜不安。去日苦多，余生几何！身疲志陨，未来不堪。合同逾期，容我请辞。南蛮低就，苟喘余岁。携妻去后，不忘恩德。每月每日，焚香祈祷，遥祝我校，办学兴盛，红岩不倒，红梅不败！

昔日一博少青颜，
十载未磨一剑典。
蹉跎华发空嘘唏，
洒泪拜别备驴鞍。

以上草草，感恩不已，再添羞愧，不知所云。

---

① 在“川外”工作七年后欲调动不成，满十年后再次启动调动程序。（2004年和“川外”人事处签约，合同期五年。）

调离申请，立等恩准。不胜感激，且容后报。

此致敬礼！

卑职鄙人：侯国金书 顿首涕零

2013 年 12 月 24 日

第二小节　蜀藏风情

1. 方山之圣①

山方树直阶入云，
香客五步没踪影。
天上传来钵盂声，
小僧打水憩江岭。

2. 泸人之酿

方山高香燃，
杨沱人丁旺。
泸县高粱红，
纳溪水稻香。
千家堆酒糟，
万户酿酒忙。
老窖馋煞仙，
醉美小巷上。

妇孺着红装，

① 2015 年 1 月 19 日，携妻到泸州。弟子冯梅和蒋庆胜伴游方山寺院群。方山，别名“小峨眉”，因呈方形而得名，雄伟秀丽，又因其佛教之圣而神秘庄严。

面目关圣样。
语短疑外文，
果老下凡忙。

3. 也咏梅——和沈钦圻之咏梅诗①

皑皑雪地上，
万木败坏相。
松鼠出不敢，
山径无人攀。
黑枝俏红岩，
千白红三点。
异趣琢天然，

① 学生陈万渝课外拜师学画。得画一幅，以此相赠。画有葡萄，我的挚爱。另有诗歌一首，曰《梅》，为清朝诗人沈钦圻所作：

冰霜磨炼后，
忽放几枝新。
独立江山暮，
能开天地春。
自然空色相，
谁与斗精神。
野客闲相对，
如逢世外人。

于是我和诗一首。学生邢秋红之父见之，欲邀请在下到他家做客，赠诗如下（2014 年 1 月 12 日）：七律——迎小女恩师

小女求学叶正黄，
师恩两载未敢忘；
川外饮茶遇高贤，
雪花时节读华章；
闻说先生恩施访，
寒舍坐等话麻桑；
莫道小城池水浅，
观光不逊嘉陵江。

月外飘飞仙。

4. 咏水仙

火盆倾大地，
能燃人鼻息。
瓷碗清水石，
半株青绿植。
金鱼银虾戏，
年少须何益？
人急无事忙，
水中仙自栖。

5. 咏黄山书法雕刻师

李白游山遗诗篇，
墨客随者数无限。
飞人天降代为书，
千丈花岗韵万言。
山腰游人人头攒，
何寻霞客彩云端。
到此一游驴友愿，
不诵天书叹奇观。
飞来怪石写红楼，
望海金猴意神针。
书中有书诗中诗，
人在画中画入眼。
山外无山云外云，
黄山归来山非山。

西藏寻梦

6. 嫩寻①

天蓝搭梯上月亮，
云白伸手触太阳。
山高风雨透心凉，
草青牛羊啃嚼忙。
形懒意勤寻嫩草，
落单结队三五条。
百里坪坝烟袅袅，
自驾朝圣路迢迢。

7. 雅巴②

朝辞雅江一水间，
千里巴塘不回还。
两山牛羊啃草静，
轻车已过数重天。

8. 东西之移

是谁把东边的土方
挑到西边堆积成山？
零星绿色的低矮荒凉，
或是白石乱筑插入云端。
牧族的嗓音那么高亢，

---

① 2014 年 8 月初和朋友刘健熙等自驾游西藏。路上有感。组诗称为“川藏天行”。下面分别呈现。

② 仿李白的《早发白帝城》。

红黑脸上总是淳朴的笑颜。
扎西德勒，酥油茶一碗，
酸奶和青稞酒都是家酿，
粗牛肉和着土豆饼，
祝福远客西行顺畅。

9. 业拉一攀

从天边到天边，
脚踩裸露的山肩，
手擎虚幻的白云。
伫立高峰之巅，
抛下一根长绳，
绕它几十个零分，
连车带人就到了山脚。
相反，我们心魄出窍，
根本不敢睁眼，
车轮滚滚植入云层。
业拉山，4658 的陡攀！
远近莫不是山。
层层叠叠，半青半秃。
成正比的风光和惊险。
映入眼帘全是景。
只恨太白不在前。

10. 藏地小风情

开不出的峻岭崇山，
绕不完的浑浊小河。
黑皮顽童不知从何方，

搬来顽石放在山腰的路上。
藏娃的鼻涕长且凉，
叫卖的梨子是李子模样。
小牛的头上套着木角，
可怜地拴在拖拉机车斗上。

11. 蓝湖不蓝亦非湖①

背靠着褐色的石山，
头枕着汹涌的怒江，
我编织着藏西北四季风光，
尤其是冬季的雪山和冰川。
江边的无边山峦，
一个个卧佛形象。
偶见土著虔诚人，
叩大头的步履，太难。

12. 半枯入水

我生于 N 年前，
不知何故，
身边都是水。
水流越来越急，
一条永不枯竭的河流，
激流从我身边流过。
不同的水等于相同的水，
曾羡慕附近的大树
以及岸边的小草，

① 2014 年 8 月 3 日，安歇于“蓝湖驿站”。

他们和梦游的游客们
以及自残残他的
徒步者和骑车人
怜惜地看着我。
我从不进食，
每分每秒呼风唤雨，
冰川的沐浴和严冬的露骨。
风是我，
景也是我。

13. 砥柱中流①

谁知我的来历，
生来就是激流中的一块巨石。
没日没夜
深水浴足，
浪花浴身，
雨露浴发，
香皂香波纯属多余，
我是天生的清纯而非洁癖。
只因前世洗刷不净的罪业，
别说“中流砥柱”，
别说第一藏景！
深渊中央，长跪，
低头，忏悔的如水泪
洗刷三世恶迹。

① 2014 年 8 月 3 日，来到八一至拉萨的一处风景，名曰“中流砥柱”。

14. 七八蚂蚱，梦境布达拉①

多功能瑞士军刀的损失，
像日本人穿着袜子，
蹒跚于安检女警面前。
包孕二百五的巨鸟，
贡嘎，从海拔最高的机场，
优雅地滑翔，展翅渐高。
“七八蚂蚱”，梦境布达拉宫，
有 h 没 h 都是拉萨你，
山城之王，水都之花。
挥一挥蒋氏故里草帽，
告别车水马龙的驴友。
神奇的时刻，高飞等于低飞，
离天离地都是三尺三，
自驾西行相反的方位，
视察峰群的石貌地样，
最适合牦牛和山羊。
三百六十秒左右翼下，
不计高矮胖瘦全是山。
第二轮是透雾穿云，
戴月，披星，
天和地的合一，
鹰和云的亲密。
失去了山的衬托，
我慢慢地看到依稀的大地。
此刻的人间，应是电视的黄金时段，
酒虫和网虫最为销魂的时光。

---

① 2014 年 8 月 5 日晚上。机上机下。

穿梭于地球和他球之间,
享用了久候的咖啡和机餐。
颠颠颠,银鹰似我心,
惊魂初定,回到人间。
持续的闪光礼,抵达了的预言。
晚点的着陆,今夜九点半。
最佩服的是他,好乖的飞行员。
渝淤中总能找得着那个点。
别了,拉林八波理巴泸充!
扎西德勒,亲爱的藏民和渝民!

15. 大地业主的挽歌①

回来啦!
回到了阔别数日的
百分百氧气之地,
照旧遛乖巧的 G 和不亲和的 B。
校园越来越小,
噪音越来越大。
重复着那些建了拆
拆了建的游戏。
趁着骄阳还不似火,
捡起一片挺拔的树叶,
调动垂危的蚯蚓,
到灌木护卫的绿土。
那也是其难兄难弟、
难姐难妹的公墓。
像汉语一字,
像又,又像拉丁字母 S,

---

① 写于 2014 年 8 月 6 日上午 9 点。

或 W 或 M，或 P 或 Q，
或 N 或 O，CDGIJLUVZ。
粗细软硬长短各不相同。
轻诵同样的神秘语词，
蚯蚯，蚓蚓，我的同胞兄弟，
大地的真正业主，
我为侬祈福。

第三小节　闽南新事

1. 外院乔迁①

百年兴校海峡边，
泉厦百科需外文。
憾莎垫桌韩乔衰，
斗室诗书看新人。

2. 悯南②

秋深日高少凉意，
千里龙眼无蝉鸣。
闽南海边晒十日，
疑是马丁·路德·金。

3. 惜南

不觉日云岫，

---

① 写于 2014 年 1 月 22 日，试讲和面试之日。

② 好友陈小慰，福州大学外国语学院院长，欲调我前往。事出无奈，已到华侨大学。2014 年 9 月 13 日，修书时附上此诗。

午前几春秋。
阳台鸟啾啾，
榻上人好羞。

4. 剔透飘飘①

绿绿的叶子，
夹数十片，轻轻地，
落入大肚子砂壶，
打水，烧开，冲泡。
三起三落，君山岛银针，不断讲述
川人小平的传奇仕途。一度的浓，
二度的淡，三度的清，四度的悠，
五度无穷度的雅香远香，只要敢想就有感想。
泡茶造就了女人，及其无限的内柔外韵，
介于丰腴和骨干。世上的爷们，不会把它来品，
便没有灵巧没有风度。热触唇边，
气吻鼻尖。八字胡扫扫被扫扫，
如同吃豆腐脑，不得急，急不得，得不急。
她的袖子，半拖半卷，时不时露出一截藕段。
旗袍，不紧也不松，压腿坐。一个小小的“品”
满载铁观音的全部，不能一口解决，要玩味滋味万般，
于合眸无声处。只要佳客人在意存，
那数十片飘飘然，依然绿着，
盼着又一次痛快的淋浴。

---

① 某日，友人寄来银针，想起某君和自己的“三起三落、大起大落”，故有此诗，作于2017年7月7日。

5. 贺杨敏敏等①

洋墨一年补小脑，
语论天下狂挥毫。
三尺田地三寸蛇，
口吐莲花何妖娆。
期末喜事微扣传，
又闻喜鹊外楼叫。
除却敏等非良师，
外院须眉尽折腰。

6. 何喜之有？——和谢友福先生②

台上常吸粉笔灰，
夜车爬格报课题。
组团语用联修辞，
有志姐妹共同体。
二级首脑多加持，
我等敢不效死力。
再刊核心一两篇
财务报账百万一。

---

① 写于2018年1月24日凌晨。有感于杨老师晋升高级职称和最近几个女教师获得教学奖。毛浩然先生建议几处要低调，于是在微信上我初步让步答应改的其中两三处为："三尺田地三寸舌""敏等良师外院花，五尺须眉尽折腰"。这次整理时，考虑到"蛇、舌"双关和"蛇"的隐喻，于是固着于"蛇"。另外，考虑到夸张和赞扬，"非良师"。仍然感恩。

② 外国语学院书记谢友福先生为了"热烈祝贺翻译研究中心和语用修辞研究创新团队"获批，而作"喜多多"：不明觉厉知历明，国玉金镶为国金。文韬溥博出帷幄，气势浩然胜算多。在下于2017年6月14日和诗一首。

7. 垂悬的璀璨①

六月没过一半，
天还不是那么炎热难忍，
办公楼伸手可触之间，
枝头上甚是迷人的星星点点。
折腾了几个表格之后，
它们已是拇指尺寸。
我想起了《甄嬛》翠果，
她有“容易莫摧残”的悲悯，
还有着绿浣绿的浣碧姑娘。
盼着，算着，再过俩月光景，
就是传说的甜蜜砸头的华园。
怎料，近日南来雨风，
摇曳，震落，让路人踩烂，
那一串串垂悬的璀璨。

8. 难产也是产②

无所谓联姻或夫唱妇随，
俺自我受精，依仗 ABC，

---

① 引进我来闽南的黄院长即将离任退休，微信写了这个：
If you leave me now
Why did you take me here?
If you take me over here
Why do you leave me now?
感觉余味未尽，于是又写了上面的内容。用“大碗茶”的曲子唱给大家听，感动了大家。后来吴浩浩也录制了“大碗茶”唱腔的《垂悬的璀璨》，更是感人。写于 2017 年 6 月 14 日。

② 2015 年 3 月 24 日，北外叫我压缩到 10000 字，并根据其格式校对一番。哎呀终于！省略几万个字！

以及 pragma-维他命，俺自我孕育，
眼看蚕豆大小的胚胎着床，
要雄起！小强还算顽强，
不用 B 超了，俺知道是男孩，
不然怎么这般欢腾扎肚？
QQ 了家人和那几个在乎的亲友，
都说期盼着佳期也是假期的临盆。
可是，变异的阵痛，变种的妊娠！
没怎么望闻切问，那两个罪恶的白衣
就让俺采取宫中换骨缓育，
说是最高舶来医术。
人家怀胎八九个月而俺
已有八个季节更替，终于，终于
在羊年的晚春仲夏之间
秋中湖中央的三五只天鹅
砸猛子游水嬉虾的节气，
俺痛，俺痛，像难产的惠嫔，
出来了，一个 PCH 哪吒。
不再压制，即不再压迫或制约，
闹海吧，孩子，这本是你的领海，
凌空吧，孩子，这本是你的领空。
下地吧，孩子，这本是你的领地，
一切，这原本的一切的一切，
原本本该就是你的，是这么的。

9. 黄豆黄①

黄豆黄，有营养，

---

① 2015 年 6 月 18 日早晨，吃了黄豆、豆腐块，喝了豆浆。

磨成糨糊是豆浆。
豆浆稀，豆浆甜，
豆花之后即豆腐。
豆腐白，豆腐软，
葱拌豆腐香又咸。
万众口味皆不同，
形异意同一豆源。

10. 华园芒情①

经过了一年的无为疗法，
除了几个折指断肢，
已看不到伤疤，
在肆虐的四月风雨中，
饱受摧残处，
悄悄地，
又添几厘米羞羞的嫩芽，
以及无数颗可爱的小米。
以德报怨的心胸，
笑迎八月的心动。

11. 人会与会人②

数日修辞连会开，
宾朋不识四海来。
语者激昂堂上讲，
众人都是把头埋。

---

① 写于2016年4月12日。
② 写于2017年12月21日。

鲤城匆匆别友后，
忽令飞至吴越城。
话是昨日修辞话，
人是昨日报告人。

12. 对弈赋——和毛浩然先生①

你冲我攻河界争，
兵卒碎骨功勋建。
三军埋伏炮声隆，
纵马横枪斩敌顽。
巧计蹩腿镇象田，
小士力敌车马阵。
为何厮杀尸遍野，
留得将帅平江山。

13. 谜人之一

或爵或爷辖万户，
有土有地有政权。
两银五铜皆不如，

---

① 写于 2017 年 12 月 24 日。毛浩然原作《楚河汉界逐鹿赋》如下：
观棋不语真君子，
见死不救非初衷。
当局者迷空遗恨，
旁观者清急攻心。
河界三分千年捧，
奇谋万变套路深。
酣畅尴尬真心境，
胜负尽付笑谈中。

鄂生渝源好青骨①。
(谜眉是：打一个人名的谜语)

14. 谜人之二②

一人能担当，
无需他人帮。
侯导双王令，
敢不东西忙。
(谜眉是：打一人姓名［三个字］)

15. 谜人之三③

鹅管挥毫就，
饮牛三江口。
古哲若肯定，
今人何以否？
(谜眉是：打一人姓名［三个字］)

---

① 原文是“鄂渝丰泽好骨感”。写于 2017 年 12 月 21 日。谜底是笔者姓名。

② 让徐玲玲为自己的名字写一首诗。半小时后成诗：
徐徐春意水波兴，
零零夏蝉夜幕沉。
朦胧秋日黄昏景，
净萃冬雪哺情深。
我原先写的是：
一人能担当，
无需他人帮。
天生玲珑心，
敢著玲珑章。
稍后稍改。至于谜底之人，远在天边，近在眼前。

③ 谜底是“毛浩然”。

16. 谜人之四①

英雄出草莽，
义兵救黎民。
南北早欢呼，
红白论寇王。
（谜眉是：打一人姓名［三个字］）

17. 谜人之五②

人王两全美，
孔孟腹书诗。
故人多故事，
恒心志不移。
（谜眉是：打一人姓名［三个字］）

18. 谜人之六③

二马憩林间，
长嘶林外天。
树树枝叶稀，
冬花星耀眼。
（谜眉是：打一人姓名［两个字］）

19. “果香读赏会”三岁纪念④

半月一期果香会，

---

① 谜底是“蒋庆胜”。
② 谜底是“金子惜”。
③ 谜底是“冯梅”。
④ “果香读赏会”是华侨大学外国语学院研究生和青年教师的学术平台。2014 年 9 月笔者来到这里就创办了它。学校研究生院每年拨款 8000 元予以支持。写于 2018 年 1 月 9 日。

外院学子书声朗。
文果圆润甘脆赏，
书花瑰丽品奇香。
他文我说七嘴评，
八舌碰撞有感想。
自己习作也宣讲，
请教大方得妙方。
辩论只为道法真，
演讲修炼三寸长。
外歌袅袅秀清唱，
大象记忆展背功。
文学翻译兼文法，
语用修辞领头羊。
三年弹指逝如烟，
翘盼明年第一场。

20. 王楠悲歌①

亲眼亲耳视听那男人打我骂我，
生在刘家已经是不幸中的不幸，
为何忍心抛下一个不幸的母亲？
像小鱼一样好动好游不甘寂寞，
从笑笑阿姨无聊的闲聊中溜走。
这世界比咱家还黑你可知道吗？
有一个黑团伙伸出黑爪抓儿童，
高价卖到无法无德的海角天涯。
你要问人家要陌生的我们干啥？

① 电影《你在哪？》说的是被家暴的女子王楠在庙会让同事笑笑看着小孩刘小鱼，结果小鱼像好多孩子一样“走丢”了。看后，伤感。

科技有多发达人心就有多可怕，
我都无法想象虐待儿童的方法。
他们像你爸对我那样对你了吗？
给吃吗给喝吗让你们睡屋子吗？
我找你三天三夜不见你的踪影，
只撂下发卡你当我是福尔摩斯？
我的小鱼快点快点游到妈身边！

21.《风筝》挽歌①

同室操戈几秋冬，
各有主义道不同。
风筝影子各有主，
枪战未起谍炮轰。
乔装打扮靠衣裳，
言行神入力无穷。
手刃亲人阶级兄，
为博信任立黑功。
非红非白血肉糊，
红政谁与辨忠奸。
中军两统犬弟兄
宫庶狙击第一功。
谍首耀先鬼子六，
墨镜背后埋情种。
巧结党羽刘关张，
心系秦汉何为忠？
二万五千长征路，
放走一个祸无穷。

---

① 写于 2018 年 1 月 11 日。《风筝》正火，看完有感。

革命到底非金陵，
不留余孽非大勇。
今朝中正明朝匪，
败寇荒岛非正中。
神州六亿红旗飘，
谁忆志乾红白冢？

第四小节　亲其所亲

1. 蒋冯寄语 2018

爱徒蒋冯渝省亲，
各带家属三两人。
歌乐山下三年苦，
苦未尽来不思甜。
教鞭三载挣小脸，
中级高级非功名。
今人重利轻诗书，
二人背井读经典。
羊城本是金铺地，
金陵书院板凳冷。
不用锥股起三更，
取经志坚身心健。
"河商之妻"后方怨，
周遭鸟雀嘈杂声。
视频殷勤安后方，
不教世美又翻身。
内修莲花禅定心，
外学精髓铅印文。
外语不可死脑筋，

要仿镛书入化境。
治学要领非 C 刊，
有疑有思是学人。
临行不吝话河悬，
老者谆谆无语新。
唯愿书虫化茧蝶，
回报各方希冀恩。

2. 狮王挽歌①

为撕咬而生，
为牛马而活，
小猫咪眯着猫眼，
嗷嗷埋头于狮母腹下，
终于，能够活蹦乱跳了，
妈咪，我想和鬣狗一起捉迷藏，
还有那些可爱的小兔小羊！
门都没有！就是不许可。
我的狮爹从不劳动，
只知吃大肉睡大觉。
一天，来了一头雄狮，
好大好大，我好怕！
被我爸几口咬走。
又一天，来了一对雄狮兄弟，
把我爸咬跑。
咬死了我的狮姐狮弟，
妈呀！幸亏我跑得快。
天边的马赛马拉小河边，

① 写于 2015 年 4 月 9 日。

认识了一帮女孩，
她们都接纳了我耶！
啊！那是故宫的生活，
除了悠闲就是奢靡，
从衣食住行到后宫的留恋，
我成了不争的王者。
我的天职并非捕食，
区区公牛斑马岂是我敌？
更何况狼狗猿猪獐。
别打扰我安睡养精神，
我要管好妻妾和子女，
有时我还得巡视我的王国。
一天，一个家伙觊觎爱妃，
我从两肺的底层发出冲天的怒吼。
又一天，来了一双比我年轻的家伙，
我亮出两把虎牙宝剑，
可是，这里重复了老爸的悲剧。
尾巴折了，
腿脚瘸了，
肚子裂了，
喉咙滴血，
前面是坦桑尼亚界面，
有一个万分污浊的泥潭，
大象在教小象泥浴。
成群的秃鹫从矮树上
飞下来，啄食我的痛处，
还有两只奇丑的鬣狗
在我耳边怪叫。
生不能撕咬，
活又能何为？

鹿高的灌木丛中，
睁不开疲惫的心窗，
我累，渴望的酣睡，
Go and come，下一班轮回。

3. 第N次访徐家①

又是一季六年，
侯徐两边亲戚，
有两个加强排，
该见的都见了。
上辈就剩父母，
下辈都有下辈，
幼儿园到大学，
多半面生难认。
哥嫂都见老了，
弟妹不再年轻，
赞叹孩子们长得快且好，
都是竹叶菜。
为何生疑，
就几年不见，
你怎么老成这样?
过季的菜帮子，
做菜嫌老，
做种嫌不够老。
不敢笑，
嘴唇包不住黄牙，
眼角额头是山地垄沟。

---

① 写于2015年10月12日。

把光调暗，
把头低下。

4. 告别致辞——在81届冶师同学会上①

Ladies and gentlemen, my classmates and friends,
Good day!

Three dozens years ago our forefathers and godfathers, double Mr Liu's, this Mr Liu and this Mr Liu, brought us thirty-two guys, young and naive, here to this school, the smallest teacher's school in the world, for a systematic education of Basic English. The school campus, and its name, and big events and small things, all vanished with the winds of years and months, and we can hardly remember them, but you know it is amazing that our teachers Mr Liu, this Mr Liu and this Mr Liu, both remember all the details of us, about us, interesting or boring, not because they have a gramophone's or elephant's memory but because they love us. We are the people they do love and they put all of themselves in the teaching and management of us. Now it is equally amazing that some of us, like me, and our teachers double Mr Liu's, are at the same time grandfathers or grandmothers. What a coincidence and bliss! To them I should say thank you, a big THANK YOU, and I wish you, my godfathers, good health and good luck in everything in your life!

Rubbish paper in the dustbin
I was, and you bent low to pick
It up and made out of it a kite
And tried very hard, a tender string
Held so fast in your hand,

---

① 2016年7月18日，根据即兴致辞的记忆而整理。

Many a time, to fly this kite.
Imagine it, it did fly,
Nigh and nigher
Higher and higher
Up in the windy sky.
To you I was not a kite.
I was a plane, a rocket,
A space shuttle, a satellite.
You think I was your invention,
I was all you had, the one to make thee proud,
Time and time again behind me
You talk of me, your voice so loud.
Watching me enjoying the freedom and height
You let go the string and me
With warm tears in your eyes.
But do not, pray, godfather,
Don't give me up,
For you can use a remoter.

To all my classmates I should say, thank you, for your help. I cannot enumerate, let alone exhaust all your help or how exactly each of you helped me. For Zhu Xianming our monitor gave me his and his wife's books, and Ke Guosheng lent me a book which I never returned, and Zhang Longzhi taught me Mandarin Chinese. Too many to recall. Thank you and I wish you all the best in your life and work.

Then to the people who are but should not be absent I would send them the same wishes. And I am sorry to say we have lost Duan Xinwen our classmate, the most intelligent and the most diligent and the most handsome boy in our class. And Professor Li Xin, one of our teachers, the most clever man with the strongest character. And Professor Chen Yiliang our common friend and teacher of some of us. Their departure from us is the greatest loss to the education of our home town Daye. To them I should say in mourning tears, thank you for being with us some time and I wish that Buddha Amitaba or God would give you the best blessings and let you be in eternal peace and happiness.

Dear classmates and double Mr Liu's, I say all this because I know it is not personal, it is common and shared. I understand that you must have experienced my experiences and thought my thoughts.

These two days mark our happy reunion after thirty-five years of absence and missing each other, and we are all looking forward to the next one which I hope will not come too late. I wish you all, classmates and teachers, friends and godfathers, this Mr Liu and this Mr Liu, good health and longevity and happiness in every moment of your life!

Finally may I propose a toast to this grand wish and start our luncheon?!

Cheers!

And thank you!

女士们，先生们，同学们，朋友们，

大家好！

三十五年以前，我们的祖先和我们的教父，即这里的双刘恩师，这位刘老师，和这位刘老师，把我们这三十二个稚嫩无知的萌男萌女，带到大冶师范分校，世界上最小的学校，让我们接受了系统的基础英语教育。如今，学校，校名，其间的大小事件，都随着岁月无情的风飘去，我们都记得不清不楚，可神奇的是，我们的两位恩师，这位刘老师和这位刘老师，居然记得一切细节，关于我们的，有趣的和乏味的，都不落下。这不是因为他们具有留声机或者大象的记忆力，而是因为他们爱我们。我们才是他们热爱的人，他们把身心毫不保留地投之于对我们的培养和管理之中。此时又有一件神奇的事情发生了，我们在座的一些人，譬如说在下，和老师们一样，都做起了爷爷奶奶。多么巧合的幸福啊！对两位恩师我要说："谢谢你们，是大写的谢谢。祝福恩师福如东海，万事吉祥！"

垃圾桶里的垃圾纸
我就是，你弯腰把我拾起，
做了一个风筝，
一条微弱的丝线攥在手心，
艰难地、不间断地尝试，
放飞这个风筝。
奇了，怪了，它飞了起来，
往高处飞，愈来愈高，
越来越高，
飘向风急的天空。
对你，我不是风筝，
我是飞机，我是火箭，
我是飞船，我是卫星。
在你心里，我是你的发明，
我是你的一切，你自豪的本钱。
无数次，人后人前，
你说起我，音高气爽。
看到我沉溺于高飞的自在，
你早就松开了我和丝线，
老眼热泪纵横。
我的教父，求你，
不要将我遗弃，
您可以改用遥控器。

对我所有的老同学，我要说："谢谢，谢谢你们给我的帮助。"我无法一一列举更无法穷尽你们给我的种种协助，以及你们是如何如何帮助我的。老班长朱先明把自己和夫人的书赏赐给了我，柯国生借给我一本至今未还的宝书，张龙枝教我练普通话，等等，无法回忆。感恩和祝福你们，祝你们生活和工作美满幸福！

对应该来而没有来的少数同学，我致以同样的祝愿。而且，我沉痛地缅怀老同学段辛文，我们班最聪敏最精进最帅气的男生，以及我们的恩师李新教授，头脑最精明，性格最突出的人，以及陈益良教授，我们共同的朋友和少数人的老师。他们的离世是我们家乡大冶教育事业不可估量的损失。对他们，我痛心流涕，感恩他们此生和我相遇相知，祝愿他们得到上天的护佑，得到极乐的永恒安宁和福祉。

亲爱的老同学们，双刘恩师，这位刘老师和这位刘老师，我作如是说，是因为我知道不是我个人之所想，其实都是我们大伙儿的共想共言，我明白你们历我所历，想我所想，所在不同，此生与共。

两天来家乡见证了我们三十五年久别重逢的同学会欢愉，我们期盼不久的未来再次相聚。我希望，你们所有人，老同学尤其是两位恩师，这位刘老师和这位刘老师，此生福寿绵长，乐盈每分每秒！

最后，请允许我提议，大家一起举杯，互相祝福，中饭正式启动！

干杯！

谢谢！

5. 冶师颂（一）

大冶灵乡美，
卅五同学会。
十八凌云志，
今已抱孙归。
小猴笑鹰老，
白鹤恐猪黑。
行走无飞步，
笑谈露鱼尾。

黑土弃白云，
春晚无笑点。
央视无罗京，
从此少新闻。
红豆多采撷，
扣扣加微信。
常叙同窗情，
共祈来世缘。

6. 冶师颂（二）

冶师识君卅载余，
粉钢双笔无作为。
兄弟东南鬓须华，
常忆揠苗旧福惠。

7. 年轻人的希望①

如果月收入是10块钱，
你会用5块于日常衣食住行，
给孩子2块零花钱买垃圾食品，
再存2块钱到余额宝乱发红包。
再假如阁下的月入改为100元，
或1000元，或10000元，
用在衣食住行的就是50或500乃至5000，
独生娃要20或200或2000把自己吃肥吃胖，
你自己就有20或200或2000来玩网购基金。

① 写于2016年8月5日。

你给父亲多少，给母亲多少？若有人问，
哇，还要管他们呀？我自己都是“月光”，
没钱炒股，没钱出国旅游，没钱买保险，
给他们肯定只能是中秋过年买他一包礼品。
给爷爷奶奶多少？岳父和岳母，外婆和外公？
哎！真羡慕几个同事，少年丧父中年丧母，
更没七老八十的内亲外戚分我的银子。
核心家庭真是好，只有亲爱的老婆和亲爱的儿童。

8. 译国译民之向前冲（一）①

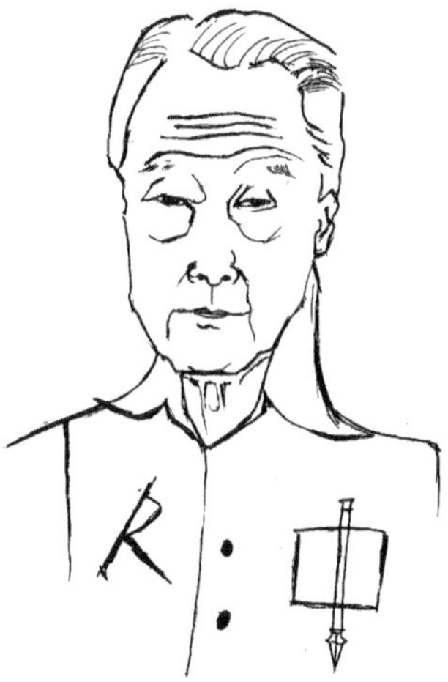

许身译坛七十年，
渊学丰著中西贯。
冲天豪气情至真，
牛马精神是典范。

9. 译国译民之向前冲（二）

许是我认错了人，
怨我，怨我，很久不看他的文字，
充其量也只是于丹的翻版，心里说，
且做非礼书实在太贵。
想那十几年前的上海滩，
“冲哥”声如洪钟，句句珠玑，
冲他的霸气，豆腐块给当地的报纸。
步伐更慢，拄着木拐，老而有泪，
老人百岁如同当年英姿。
不论主持、朗读者抑或数千笑众，

① 写于2017年2月19日。

少有懂他内心纳米毛皮。

10. 父子龙门阵①

我跟儿子摆龙门阵了。
在我们侯家，
有一个亲戚，
有时对我很冷漠，
有时千般不恭、万般辱骂，
一次一次我原谅了他。
儿子问：是谁呀？
为什么不离开他？
或者，我为你报仇吧！
我说：还是那个他，
也是这样对你妈。
儿子还是问了上面的话。
我说：没办法，
我们无法离开他。
儿子说：这怎么可能呀！
你们这么大，
莫非是你们贱呀？
还是让我去报仇吧！
我说：千万不要伤害他，
因为——
她是他妈，
我是他爸。

① 写于2017年5月1日。有一段时间，家内和犬子不和。她总是扬言，我要断你网线。

11. 一贺勋志①

而立不及立壮志，
大河上下奔前程。
余暇晴川独步湿，
觅得知音不枉生。

12. 二贺勋志

天高云蓝水清清，
汉口青年喜盈门。
老叟稚童不相识，
共贺志霞结佳缘。

By the green side of the longest river,
A troop of men and women slowly gather,
Around a young man and a girl younger.
All faces are new yet all know the two.
The handsome and the belle to live together, forever,
All wishing their romance as long as the river.

13. 机人

“一起看电视吧”“一起玩电子游戏吧”“一起看手机微信吧”，
除了“你好、再见”，就剩这些了吧。
再也不会有“虽然 X 但是 Y”，

① 侄儿媳妇家：汉口，机场附近，金银潭，后湖，附近有极地海洋世界。余华岭佳园（小区），10 号楼，23 层。父母都 64 岁了。父亲好中国象棋，好人。11 号，侄儿结婚，在青年路的宾馆。要做双方的证婚人，忐忑。写于 2017 年 6 月 12 日。

更不会有多重复句“因为 X 尽管 P 但是 Q 所以 Y”。
人类相处愈来愈简单了，点个头，哈个腰，然后一起玩电器吧。
不用问我问题，只因都是你期待的答案，不是也是呀。
不用告诉、告白、命令、辩论，只因您总是对的呀。
年轻的爸爸、妈妈也是如此，电子东东给孩子耍。
儿子从老家打电话来，威胁说“我来泉州看你吧?”
我说，“重庆没电吗?”“你没手机吗?”
他说，“就是想看看泉州。”我说，“你在网上查‘泉州景点’”，
“还想看看你。”“我们视频一秒钟就可以啦。”
“还想要点钱。”“我发微信红包吧，或者支付宝转账吧。”
终于女儿有了女儿，不必教她说话。
儿子也结婚了，不必生娃。

E-Man①

“Let’s watch TV. Shall we?”
“I am in the mood for WeChat. Is it OK?”
“Video games for you and me.”
“Hello” “bye-bye”, and that’s all we say.
No more “X, but Y”!
The simplest expressions humans own.
No more “X, in spite of P blahblah Q, so Y”!
A nod or bow and we bow over our cellphone.
For God’s sake, stop being a questioner,
No need to inform, confess, debate, order,
’Cos you’ve already known the answer,
’Cos you are always right, Mr. Winner.
How do young parents babysit their baby?
A cellphone or an e-toy will make him happy.

---

① 翻译者为吴浩浩、侯国金。

My son, in southwest, warned to see me
In Quanzhou where I hide from him and his mommy.
"A blackout in Chongqing? No cellphone with you?"
"Well, I somewhat miss Quanzhou, and you too."
"In that case, find our sea and temples on a website."
"I want to see you and chat side by side."
"WeChat video?" "Actually I need RMB today."
"WeChat red bonus or transfer by Alipay."
Oh my Lord! My daughter's got a daughter.
You don't teach her to be a speaker or author.
And before I realize it, my son has a wife.
No baby! Spare me rest for the rest of my life.

14. 人畜无别①

没有它，人是畜生，
有它，畜生是人——
不论出生，不论性别，
不论其他方方面面。
王子富不富，帅不帅，
卡斯顿壮不壮，可爱不可爱，
贝尔美不美，身材和脸蛋，
还有她爹是天才还是痴呆，
乃至衣橱，茶壶，托盘，
一切的一切没有例外，
都要放到它的磅秤上
进行高低短长的度量。
狮子爱上了她，

① 写于2017年12月20日。

爱书爱爹的女孩，
为她受伤，她的眼泪成了
救命破咒的良方。

15. 大箕山下的砍柴郎

生于荒山下的寒门，
没多时，弟弟在妈妈肚里蠢蠢欲动。
吃了邻家秋心大妈三次奶，
鼻涕和着眼泪，打猪草，烧饭，
砍柴，刷锅，小小的小男孩渐渐长成。
两个爷爷，两个奶奶，互不往来，
我是双方的天使。
偷了爷爷几两湖北粮票和几毛纸钱，
偷了爸爸的一支香烟，
到茅厕点燃，咳嗽，戒烟。
最喜欢走亲戚，穷外婆家、姑姑家，
以及在几十里外渔村做童养媳的妹妹家。
学费两块五，五块六块，
做两个村会计的父亲
从五里界借来我要的学杂费。
读书至上，但夏季午睡时
约着好友游泳是我的最爱。
砸猛子的辅志再也没起来。
我自己快喝饱了，
被放下锄头的哈巴哥救了起来。
一共打了两回架，一胜一败。
每堂课的作业都那么难，
尤其是语文的作文题
和数学的应用题，希望

像安继一样背诵课文，
不用抄敬平、国进的作业，
不留级，留不起，
留级就不让读书了，老爸说。
大家的梦想是一样的：吃国家饭，跳出农门。
我搭上高考的早班车，半道却摔了下来，
落在手扶拖拉机上，走的是机耕路。
许国璋真能写，一至三册。
全校只有刘刘李倪四个老师。
两年制，没有送礼，
老师们给的都是高分。
没关系，哪来哪去的分配，
回归故里，居然和我的中学老师同事。
最佩服教化学的冯旭光老师，
除了英语什么都能胜任。
三个班级外加早晚自习。
我的名言是，备课是背课。
我和花朵们都十八。
学习委员喜欢交作业，
在备课的我身后，
喝半小时的水，问半小时的老问题。
和该结的人结婚，
没有任何人来闹洞房。
风声虽紧，还是生了一双孩子，
面对计生办，我说是挽救“兄弟、姐妹”和中华文化，
还有岳母的训示，
外孙打不得。
扬子江，大冶湖，
父亲江，母亲湖。
千百年来炼铁球，

健身刚烈有劲酒。
如今，我重复着父母的一些传统
但我不带孩子们走亲戚，
亲戚的铁路远，心路也远。
我不让他们偷我的东西
因为我不抽烟，不用粮票，
而钱财都藏在手机里。
我不威胁以“不让读书”了，
因为他们不再有那样不现实的愿望。

16. 寄语 Becky①

“刁家孙女快长大，
长大成人挑大梁。
文房四宝样样精，
五项全能傲操场。”

“悦悦女儿快长大，
快快长成大姑娘。
不让爸爸操碎心，
每月转账心欢畅。”

“涵涵宝贝快长大，
身心健康脑子强。
每门考试一百分，
博士毕业嫁对郎。”

“Becky，Becky，慢慢长，

① 写于2016年8月1日。

安卧摇篮无忧伤。
小哭急坏奶奶心，
假笑笑断父母肠。”

“小人虽小管大人，
我是公主我是王。
你若长大成了人，
人最难做一世忙。”

“做饭洗衣亲力为，
小中大学慢慢念。
书包难装书万卷，
内心要容事千般。”

“刁家侯家人兴旺，
人名称呼不能忘。
学校功课不挂科，
学位论文有奇想。”

“有了文凭更努力，
学完一本还留洋。
世上行业几百样，
引领白领我最强。”

“工资津贴不理财，
股市凶险不沾边。
清白工资不算多，
养命养面养爹娘。”

“手机用来打电话，

还给外公发微信。
少用媒体不脑残，
多陪亲人诉衷肠。”

“文章难写还得写，
好男难谈还须谈。
上孝下悌后代养，
不复吾辈春秋冬。”

“Becky，Becky，慢慢长，
人生道路漫漫长。
美猴一行路万险，
尊师重礼若等闲。”

17. 把我的小嘴缝上吧①

说我是傻子二百五哈戳戳瓜娃子哑巴
为啥子怎么为何死猫何逮狼哥为什么
到一岁三个月咯只长肉不发人声耶这个女娃
该不会是脑壳有傻子问题或者先天失语症傻傻傻
我听不懂也不想听懂说得又快又混怪头怪脑的大人的话
不说就不说说就一起说他们习惯抢着说以嗓门高低分你我他
养鸡的他和他的那个她说的是新疆伊犁味的四川永安话
喂鸟的她和她的那个他讲的是鄂普川普还带着南英格兰口音
养狗的她说话是吼吼吼话里话外夹杂着北京黄石重庆五味杂陈带把子
她的那个老哈分不清哪些是汉语韩语日语英语什么语词汇量黑大
摸不着边找不着北宁愿默默地玩气球睡觉觉可怜我的小脑袋瓜

---

① 写于 2017 年 9 月 12 日。

为什么不说为什么偏偏那么拽来他一个古人的为何何因何如何故呀

或者是土得掉渣子的为傻子狼哥还有死猫何逮八成是异地方言
还有洋里洋气的喂儿外衣拿着多儿卜卦剁希特勒
这个这样教那个那样讲逼着独自咬脚趾或像无头苍蝇撞墙
今夜是这个意思明晨却是另一个意思挨不着边边
才学会死猫是为何如何怎么摇身一变成了小死猫咪
狼哥是山野草原狼的哥哥格格怎么又是更长的么样怎么样
喂儿喂你儿子吃点鸡食鸟食狗粮吧打招呼兼有怎么怎么这么哏
外衣拿着应该是拎着罩衫却还能是为什么我的老天
多儿明明是生了好多娃儿女绕膝半个刹那间又变成了门
卜卦是不是知过去现在未来的大师算命哎为什么为什么
最可气的是剁希特勒既然恨他就剁他的头为什么这么难
不是我不说话是老师太多太杂无所适从难以犇骉飝龘
拜托各位鸡爹鸟妈狗娘各位大大你们报个幼教班
再来排队抓阄申请轮流教我统一的一国一域的地球话

Stitch My Lips Up[①]

You say I am a silly baby, a dummy,
Oh, no! A dead cat even catches wild wolves.
How do you know I cannot talk, mommy?
I am 15 months old, well fed, round like golves.
I build my body but not your language.
I am not interested in any words for my age.
You call me a slow girl,
Gosh! Don't you think my cry makes you swirl?
I don't want to hear your voices any more!

---

① 翻译者为吴浩浩、侯国金。

Sometimes you are all quiet, sometimes you all talk.

You don't know how to halt!

The chicken man and his wife talk Yong'an dialect with Ili accent.

The bird woman and her husband talk Chuan-E dialects with an English accent!

The dog woman barks like a dog in Beijing, Chongqing, Huangshi dialects.

All jaw! What a mess!

She cannot figure out Chinese, Korean, Japanese, English.

They all seem so foolish!

I cannot understand why they talk like a beetlehead!

I'd rather play with my balloons and sleep instead.

You talk old antiques, you talk different tongues!

You talk local accents, you have various tongues, from various towns!

You drive me crazy by your verbiage montages!

You teach me this way and SB else another way.

I get it at night and have got to change all of it in the day!

What? Is that a kitty or kitten?

Are the wolf and the coyote cousins? What's bitten?

Princess or chess? I hardly tell or guess!

You opt for different walks of life,

You chatter languages five!

A greeting to your pets or yelling them to have food?

Take the outwear or fetch the overclothes? Are they equally good?

Giving birth to sons and daughters are best wishes to Chinese,

Yet it means "door" in English!

Is divination a magic taken by the magician to tell the fortune?

What makes Japanese so impossible to ask why?

"Doshitele" in Japanese, head chopped by a China guy?

It's not my fault!

Baby, thy ways of baby-education are naught!
You can go to a kindergarten, or me, for fun.
If you draw lots I follow the one that's won.
I learn yours one by one,
Is it a good idea? One two three, done!

18. 小 Becky 的控诉①

是的，一岁零一个月的我 Becky，
不会说一个字字，
不会走一步路路。
可别当我不懂事，
人家吃奶至少到两岁三岁，
少数人到十五还吃吃吃，
凭什么断我母乳？
妈妈奶，最好吃！
可她不知听了谁的主意，
宁可用挤奶器挤挤挤，
喂狗狗，倒桶桶，
也不让我吃。而且，
三天不见我的小脸脸。
让老公公老婆婆，
说一些老掉牙的故事，
大人断奶的小把戏，
别当我不懂事。
不流泪，不哭泣！
反正我要抗争到底，
你们泡的奶奶好坏坏。

---

① 写于 2017 年 8 月 17 日。

渴死也不喝喝，
饿死也不吃吃。
姥爷翻开一本漫画书书，
无数遍无数遍讲述，
“好饿的毛毛虫”的故事，
说什么吃苹果果草莓莓，
吃着吃着长大了化蝶了飞走了，
无非是诱降的诡计计。
绝食斗争中，
我不睡觉觉，
把俩老东西和暗处的她，
折磨折磨折磨到死，
你扛他们扛我也死扛，
直到我最后的胜利！
什么时候让我回到她的怀里，
我就叫她一声妈咪！

Little Becky's Complaint①

It's only me, Becky,
I cannot talk.
A thirteen-month-old baby,
I cannot walk.
But even a baby is a human being.
Mom's milk, oh yeah, is so sweet,
I know more than you imagine.
Powdered milk is ne'er my favorite.
Some kids, two years old or three,

① 翻译者为吴浩浩、侯国金。

Hang on to their mom's breast.
Why then would my mom hide from me?
Liquid from pretty breasts is sure the best.
Is it granny's idea or natural law?
With a MILKER mom pumped her milk—
Ain't I her sweetie no more?
To the delight of the puppy, not an ilk.
Or she should pour it into a trash can,
For three days mom's out of my sight,
No one knows where she rashly ran.
All I do is cry and cry by granny's side.
Grandpa's story after story brings no ecstasy.
No more tears, no more cry.
Poor guy, to take me off the breast fantasy.
Hunger strike I gonna try.
Powered milk tastes so bad.
I hate it, I ain't at all thirsty.
The worst thing I've e'er had.
I hate it, I ain't at all hungry.
Grandpa turned to an ABC picture story
About a worm becoming a butterfly.
The worm eats and eats for he's so hungry:
Apples and strawberries, till he can fly.
He feeds himself into a cocoon
And then flies up like a balloon.
It is no story but a cheating trick,
Such naïve stuff to lure me to surrender.
Nothing of the food I will pick,
No one cares a fig if I be slender.
I won't sleep with the old before me,

And the younger hiding somewhere,
Aren't they having a hard time, oh Gee?
You give me harder time than I can bear.
Fast, fast, I will not break my fast.
You can starve me to an unborn state.
I'll not call you mom or forget the past
Unless you promise me another milky taste.

19. 一岁半的舞者

崔承喜附体，
还是西游黑狐妖下凡？
语言迟钝的超小 P 女孩，
何以古雅地起范儿，
踩着我的《北国之春》
世人皆言难听的音律和节拍？
何以此句摇摆，
何以彼句转圈，
摸摸头，跺跺脚，
留头或是甩头的甩甩，
区分主力和动力双腿，
有法儿地像鸭子
伸展愚笨的双翅，
又因何故戛然停下来？
何以在尾声的尾音深深地
低下你的小脑袋？
我说“That's all. Thank you.”时
你摆个造型，亮个相，
兴奋地拍着小巴掌，
是夸我唱得不赖

还是只给自己喝彩？

20. 复习

既然你喜欢姥姥姥爷
那就让俩人陪睡吧
按照 32 年前陪你妈咪的方式
左右夹击式，你随手
拽任何一缕头发任何耳朵
练习提手边的全部汉字
或者操练足字边的汉字
蹬任何一边的肚皮腰子背脊
只是拜托别踐下身
你的一举一动都能牵动
两个大人的全部身心
少不了“马无夜草不肥”
的“奶奶”外加一首歌曲
趁机换一块贼贵的尿不湿
继续睡吧，偶尔听到你
梦境中的笑声，只是
还不会说话的 P 孩
到底用什么编制美梦的？
直到天明，十点十一点
好一阵折腾的早起
你的最爱枸杞鸽子蛋
红薯两三片土豆四五片
还有遛狗舅舅的蓝绳子
闻歌起舞的习惯要保持
北国之春、拉网小调、读书郎、洗衣歌
让姥爷成了你的唯一

逢人就电话视频
午睡前后的漫画《西游记》

21. 剥夺①

28 号一了
是 29 日，
后面还有 30 甚至 31 日，
没想到日历错了，
写成 3 月 1 日。
是谁剥夺了
我们生命的两三日？

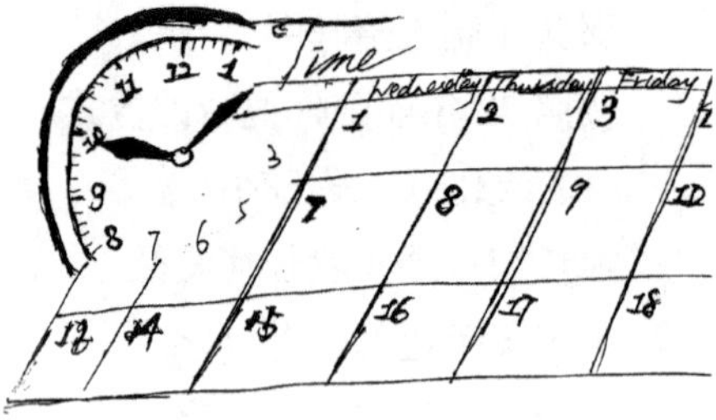

22. 我要吸②

一下飞机
一路猛吸
领取行李
路边候的
继续狂吸
我吸我吸
我要恶补这一个多月寒假的空气
不是说渝州没空气
或者飞机里没空气
我的意思是
不能匹敌
城市中的鲤

① 写于 2018 年 3 月 1 日。
② 写于 2018 年 2 月 28 日。乘坐 12:45（晚点一个小时）的飞机，从重庆飞往泉州。结束了寒假。

23. 乐梦吹毁者

钢琴和二胡演奏的《梁祝》，
阿宝的《山丹丹花开红艳艳》，
不想再听，
都让位于你的《卡门》，
最会吹的青岛“唇粹人”。
在吹口哨等于“小流氓”的时代，
你总在偷练。
小小键盘手曹庆跃，
偶尔尝试口哨伴奏，
依靠边缘音乐
开辟小众路线。
纯净、浪漫、圆满、
悠扬、明快、流畅。
没有乐器的表演
演绎着难以授人的
最神秘的吹吸吐纳，
把成千上万学乐器者的梦
吹毁成碎片。

第二章
雅思雅诗之开卷有译

第一节　英诗侯译①

1. Incompatible

By Vivien Wade

Some say we're incompatible,
It seems that most agree.
We don't belong together,
Should be independent and free.

Why do people judge us,
When we in each delight?
Having different tastes just adds
To a mixture that's just right.

We're joined together as a pair,
Like a hand fits in a glove,
And the pleasure we can give,
Spreads to others with our love.

You may begin to wonder why,
We've stayed attached this long,
How did we get so popular
And proved so many wrong?

---

① 下面的英诗多半是新诗，下载于 http://www.ellenbailey.com/poems/ellen_014.htm 等，少数标点类瑕疵我们做了修补。

We'll let you hear our secret,
Then all of you can share,
Peanut butter and chocolate
Are a very compatible pair.

不相配

我俩不相配，
人言不成对。
林鸟不同类，
遇事各自飞。

我俩乐融融，
为何拆西东？
两人风格异，
联合互补充。

共结连理枝，
比翼鸟飞天。
有她乐无穷，
有我爱无边。

众人妄自猜，
为何分不开。
爱树花争艳，
久久不衰败。

各花入各眼，
萝卜白菜选。
奶油巧克力，
绝配非等闲。

2. I Am Afraid

By Qyazzirah Syeikh Ariffin

You say that you love rain,
but you open your umbrella when it rains.
You say that you love the sun,
but you find a shadow spot when the sun shines.
You say that you love the wind,
but you close your windows when wind blows.
This is why I am afraid,
you say that you love me too.

我有点小害怕①

你说你喜欢雨，

---

① 网上能找到几个译本，如：
(一)
君乐雨兮启伞枝，
君乐昼兮林蔽日，
君乐风兮栏帐起，
君乐吾兮吾心噬。
(二)
你说烟雨微茫，兰亭远望；
后来轻揽婆娑，深遮霓裳。
你说春光烂漫，绿袖红香；
后来内掩西楼，静立卿旁。
你说软风轻拂，醉卧思量；
后来紧掩门窗，漫帐成殇。
你说情丝柔肠，如何相忘；
我却眼波微转，兀自成霜。
(三)
你说你爱上了雨，但你的雨伞顶着润雨。
你说你倾慕太阳，但艳阳天里你在寻找荫庇。
你说你喜爱微风，但却关上了闺阁的窗接待风临。
这就是为什么，当你说你也爱我时，我是如此地畏惧。
(http://en.wikipedia.org/wiki/Melody_Beattie; http://www.poemhunter.com/poem/i-am-afraid-12)

可是每当下雨，
你都要撑起雨伞来。
你又说你喜欢太阳。
可是每当天晴，
你都要寻找树荫防晒。
你还说你喜欢风，
可是每当风儿来临，
你都要关闭门窗不留缝。
所以我有点小胆战，
今儿你对我表白，
我你也喜欢。

3. On Bended Knee

By Ron Tranmer

I ask my love on bended knee,
"Sweetheart will you marry me?"
To which I heard a quick reply.
"Yes, as soon as pigs can fly."

So I looked high, and I looked low
for a real smart pig, and do you know.
I found that pig sitting in a sty,
And in a week or two taught him to fly.

I showed the pig to my love, and then,
Asked her to marry me once again.
She said, "I'm sorry, but I lied.
When hell freezes over, I'll be your bride."

Now, this next part is sad to tell,
She got sick and died, and went to hell.
Her cold heart turned hell into ice,
She's waiting for me. Now ain't that nice?

屈膝求婚

屈膝求婚姑娘前,
"心上的人儿嫁给我。"
姑娘立刻就回答,
"除非猪儿能飞天。"

仰望天空寻飞猪,
希望美梦变成真。
猪圈有只小猪猪,
两周教他飞上天。

我带飞猪姑娘前,
再次求婚意绵绵。
"不好意思, 条件变,
只要地狱冰雪寒。"

余下故事不好说，
姑娘病故下界拖。
一颗芳心冷胜冰，
冻灭熔岩三昧火。

4. Gratitude

By Melody Beattie①

Gratitude unlocks the fullness of life. It turns what we have into enough, and more.

It turns denial into acceptance, chaos into order, confusion into clarity. It can turn a meal into a feast, a house into a home, a stranger into a friend. Gratitude makes sense of our past, brings peace for today and creates a vision for tomorrow.

感恩的心

感恩金钥匙，
丰硕人生启：
所有变富余，
所缺便有之，
能受昔所拒，
紊乱转有序，
混沌变清楚，
便饭乃美食，
陌路友达途，
有房安家室。

---

① 节选自《感恩之心》(*Gratitude*)：https://www.brainyquote.com/quotes/melody_beattie_177949；以及 http://en.wikipedia.org/wiki/Melody_Beattie。

感恩灯不熄，
往昔有意义，
当下安逸享，
来日创奇迹。

5. Dust of Snow

By Robert Frost

The way a crow
Shook down on me
The dust of snow
From a hemlock tree

Has given my heart
A change of mood
And saved some part
Of a day I had rued.

雪粉尘

铁松枝头上，
昏鸦喳喳唱。
抖落雪粉尘，
染白我衣裳。

紧闭吾心门，
微颤换精神。
赎回嗟吁日，
片刻好时辰。

6. I Know Why the Caged Bird Sings

By Maya Angelou

The free bird leaps
on the back of the wind
and floats downstream
till the current ends
and dips his wings
in the orange sun rays
and dares to claim the sky.

But a bird that stalks
down his narrow cage
can seldom see through
his bars of rage
his wings are clipped and
his feet are tied
so he opens his throat to sing.

The caged bird sings
with fearful trill
of the things unknown
but longed for still
and his tune is heard
on the distant hill
for the caged bird
sings of freedom.

The free bird thinks of another breeze
and the trade winds soft through the sighing trees

and the fat worms waiting on a dawn-bright lawn
and he names the sky his own.

But a caged bird stands on the grave of dreams,
his shadow shouts on a nightmare scream,
his wings are clipped and his feet are tied
so he opens his throat to sing.

The caged bird sings
with a fearful trill
of things unknown
but longed for still
and his tune is heard
on the distant hill
for the caged bird
sings of freedom.

笼中之鸟为何歌唱

自由之鸟雀跃，
踩着风的尾巴，
俯冲，飘下，
直到激流末端。
双翼饱蘸橘红色的阳光，
宣称整个天空都是他的。

然而，狭小鸟笼
禁闭着的小鸟，
迈着方步，看不穿
愤怒的铁条，

翅膀被剪枝，
双脚系着绳子，
于是他开口歌唱。

笼中之鸟唱呀唱，
对未卜的前途只有惊恐不安，
像俄语的舌颤。
渴望那份安宁，
还他天生的自由身，
于是对着远山，高唱。

瞧，自由之鸟预感
又有微风拂面，
他的飞行如此熟练，
穿过呻吟哀叹的树冠。
前方的小虫肥嫩，
静候于黎明的草坪。
全是他的，云白天蓝。

然而，笼中之鸟呆立
梦想的坟茔之上，
影子朝着上苍，
噩梦初醒的惊叫。
翅膀被剪枝，
双脚系着绳子，
于是他开口歌唱。

笼中之鸟唱呀唱，
对未卜的前途只有惊恐不安，
像俄语的舌颤。

渴望那份安宁，
还他天生的自由身，
于是对着远山，高唱。

7. Who Is She?

By Virginia Gronow

Her eyes are like diamonds that are shiny and bright
Her hair is so soft and black as the night
Her legs are long and her body is slender
When you hold her close she is warm and tender

Hiding amongst the shadows so tall
Looking much closer she's not there at all
Always in trouble with her curious way
She stays out all night and sleeps in all day

Creeps into your room and sits up on your bed
Gives gentle kisses on your nose and your head
Always expects you to open the door
There isn't a sound as she walks on the floor

She will not come over when you call
Walks straight past as if you're not there at all
If you want to work she wants to play
Doesn't care if you forget her birthday

Is she your wife or is she your lover
Is she a friend or is she your mother
She is none of those things I can tell you that

This beautiful creature is only the cat

译文 1

她是谁?

双眼如钻闪金光，
黑发松软真漂亮。
身段苗条腿悠长，
一个拥抱暖洋洋。

灯影暗处弄幻影，
声在西来身在东。
行踪诡秘惹事端，
夜出昼息何工种?

潜入卧房坐床边，
轻吻额头和鼻梁。
翘首等待开门声，
脚步轻盈无声响。

千呼万唤她不来，
擦身走过不理睬。
你要工作她要耍，
忘她生日不记怀。

不是家内非双亲，
更非恋人或亲戚。
远在天边近在前，
美人就是我猫咪。

译文 2

猜猜她是谁?

像钻石，她的双眼晶莹透亮。
像夜幕，她的秀发黝黑松软。
秀腿悠长窈窕，身段婀娜苗条。
抱着她时如此温柔如此温暖。

躲藏于灯影处，她个子特高。
仔细端详，她根本不在那里。
老是惹些麻烦，行踪如此诡秘，
昼伏夜出，非人的作息。

潜入你的房间，静坐在床边，
在你鼻梁和额头上轻吻。
她总是翘首等待你开门。
毫无声息的脚步梦幻般轻盈。

你叫她来偏不来，
从你身边走过时对你熟视无睹。
你要工作时她却要玩耍，
你若忘记她的生日，她不在乎。

这个她是你老婆吗?
还是恋人，朋友，或者是你妈?
都不是的，我告诉你吧，
这个美人就是可爱的猫咪呀!

译文 3

她是谁？

像钻石，她的双眼晶莹透亮
秀发松软，像夜幕一般黝黑。
一双秀腿悠长漂亮，身段苗条。
抱着她时如此温暖如此温柔。

躲藏于灯影处，她的个子显得特高。
仔细端详，她根本不在那里。
她行踪诡秘，老是惹些麻烦。
过着昼伏夜出的生活。

潜入你的房间，在床上静坐一宿，
在你鼻梁和额头上轻吻。
她总是翘首等待你开门回来。
她轻盈的脚步没有半点声息。

你叫她她偏不会来，
从你身边走过对你却熟视无睹。
你要工作时她却要玩耍，
你若忘记她的生日，她压根不在乎。

这个她是你老婆吗？
还是恋人，朋友，或者是你妈？
都不是的，我告诉你吧，
这个美人是可爱的猫咪。

8. My Dog's Tail

By Arthur Wallace Peach

What put the wiggle in a little dog's tail

I'd like to know!
That gay little wiggle, that glad little waggle—
How did it grow?

It starts in his mind and it runs out behind
To the tip of his tail, and then
That glad little waggle, that gay little wiggle
Begins all over again.

The day may be sunny or dark with rain,
The wiggle is there just the same;
It needs just a whistle to set it a wiggle
Or the sound of his favorite name.

No doubt I shall never, in any way ever
Find out how that wiggle got there,
But I'm very sure, while tails shall endure,
That tail will wig-wag in the air!

爱犬的尾巴

谁让小狗摇尾巴？
那条快乐小尾巴
大摇摇，小摆摆，
摇摇摆摆都靠啥？

一念刹那生狗脑，
立马传到尾巴梢。
尾巴根梢尾巴毛，
快乐尾巴摇呀摇。

不论天晴下雨天，
狗狗尾巴摇翩翩。
一声口哨或狗名，
大摇小摆乐颠颠。

看来我等智商低，
永世难解摇摆谜。
狗狗只要有尾巴，
摇摇摆摆不容疑。

9. Diet Time

By Vivien Wade

Seeing myself in the mirror I thought,
A diet wouldn't do me any harm,
Losing a few kilos should be helpful,
Overweight could cause some alarm.

First I tried a weight watcher's diet,
Consisting of points I must count,
Many foods allowed, even chocolate,
Though trying, I over-did the amount.

Another said drink lots of water,
Which helps to flush toxins away,
I soon gave up doing that diet,
For I sat on the loo half the day!

Then I read about eating low carb,

High protein, no bread, allowed cream,
Well I liked the sound of this one,
The food list to me was a dream.

But after a few weeks on low carb,
Things didn't work out the right way,
Was the opposite of the water diet,
For it clogged up the works every day.

Maybe a high carb one would be better,
Though no sugar or sweets like before,
Bread and cream were back on the menu,
But my sweet tooth took over once more.

I'm finished with all fad diets,
Found a balanced one holds the key,
For a bar of chocolate in both hands,
Is a well balanced diet for me!

节食计划

照镜常思量，
减肥又何妨。
瘦点更健康，
超重警报响。

看护苦口荐，
每日算指标。
美食种类多，
减肥要求超。

有人劝猛饮，
排毒还润肠。
整天蹲马桶，
何处寻良方？

报上传低碳，
不许碰面包，
奶油蛋白高，
食物都挺好。

尝试三礼拜，
出点小事故。
好进不好出，
肠胃交通堵。

还是高碳好，
奶油面包返。
甜食无踪影，
感觉要玩完。

试遍时尚方，
突现平衡法。
左右巧克力，
右手也要拿。

10. Exercise

By Vivien Wade

When I think about exercise,
I'm inspired to join a gym class,

Then after taking a short rest,
That feeling from me seems to pass.

When looking into the mirror,
To exercise I should make a start,
But thinking about it at my age,
It could be bad for my heart.

My teenagers need to exercise,
Run at least a mile each day,
Then at the end of two weeks,
They'd be fourteen miles away!

An aerobics class may be fun,
Moving to music, properly trained,
But I heard reports of those classes,
How often an ankle is sprained.

Having seen others at the gym,
How they puff, grunt and perspire,
Agony written over their faces,
Leaves me free from any desire.

I'm happy for others to exercise,
So long as it doesn't include me,
I'd rather relax with my feet up,
While watching sports on TV.

我的运动观

运动心憧憬,

参加健身班。
过了一袋烟，
蓝图飞天边。

镜子长注目，
锻炼是必须。
回眸这岁数，
心脏扛不住。

少壮要健体，
日跑两三里。
不到半个月，
已跑四五十。

体操一起练，
伴乐把肥减。
凝神美眉腿，
脚踝扭伤残。

馆场人头攒，
呻吟呼噜汗。
满脸写痛楚，
令我不敢前。

你练我爱观，
我可不想练。
跷起二郎腿，
运动频道看。

11. The Bikini

By Vivien Wade

I've decided to get into shape,
Though knowing I'll never be skinny,
Would just like to lose a few pounds,
So I could wear a bright red bikini.

The way to lose weight, I'm told,
Is to join a class at the gym,
After a few weeks, they're sure,
I'd be on the right track to slim.

At first I was a quite skeptical,
When told loose clothing to wear,
If ever I had any such clothing,
I wouldn't need to be there.

The first class was absolute agony,
Perspiring and jumping around,
Then onto the treadmill I went,
Hoping I'd walk off a pound.

At last that class was over,
I'd really been put through a test,
With aching limbs, I was thankful,
I could finally go home to rest.

Dreaming of that gorgeous bikini,
Encouraged me to lose weight,

But after gym, I'd be so hungry,
I piled up the food on my plate.

After six weeks of gym classes,
That bikini might be within reach.
Weighing, I stepped on the scales,
With visions of me at the beach.

The hand of the scales moved forward
Just couldn't believe what I saw,
Expecting to have lost a few pounds,
I weighed even more than before!

Well, that put an end to my dreaming,
Of seeing a bright red bikini on me,
It's back to my dark one-piece swimsuit,
Which covers me from neck to knee.

比基尼

健身塑身材，
主意真不赖。
稍减几磅膘，
三点放光彩。

有人对我说，
减肥要报班，
健身几礼拜，
渐现好身段。

宽松衣裤穿，
半疑忧忡忡。
瘦身若不成，
人财皆落空。

首课是煎熬，
跳跃造汗涝。
但愿减一磅，
跑步机飞跑。

挨到下课时，
总算过考验。
四肢麻痛酸，
回家睡香甜。

比基尼梦想，
激我瘦身去。
体操增食欲，
健身猛食补。

想来有六周，
泳衣招手笑。
斗胆上磅秤，
心飞浅海潮。

指针倾向前，
不信亲眼见。
本想瘦瘦身，
腰圆更难看。

美梦磅秤灭，
再见三点式！
一体式泳衣，
不敢露脖膝。

12. Night Without Sleep①

By Ellen Bailey

Have you ever had a night
when you just couldn't sleep?
Even when you're so tired
you could fall off your feet?

You get up for awhile,
and then you lay back down
and just lie there,
watching the clock go round.

Then you remember that old adage,
"Try counting sheep."
It is supposed to help people
who have trouble falling asleep.

After some time has passed by
you decide you'll give it a try
and you start counting sheep,
counting even their feet.

---

① 下载于 http://www.ellenbailey.com/poems/ellen_014.htm，缺少几处必要的标点，斗胆补上。还有既然作者的大小写基本是以句为单位，我们也修补少许。少数大写不太合理，故改之。

Since sleep won't come,
you get out of bed
and decide to have some
roast mutton instead.

今夜无眠

你是否像我，
身心已疲惫，
头重脚却轻，
彻夜难入睡？

起来踱两步，
回头再躺下。
两眼看挂钟，
滴答又滴答。

记起老箴言，
“数羊能催眠。”
绵羊或山羊，
数数就入眠。

既然睡不着，
不妨试一回。
掰指数数羊，
包括四条腿。

没有瞌睡虫，

干脆就起床。
路边烤羊肉，
牙祭串串香。

13. Have You Ever Seen

By Anonymous

Have you ever seen a sheet on a river bed?
Or a single hair from a hammer's head?
Has the foot of a mountain any toes?
And is there a pair of garden hose?

Does the needle ever wink its eye?
Why doesn't the wing of a building fly?
Can you tickle the ribs of a parasol?
Or open the trunk of a tree at all?

Are the teeth of a rake ever going to bite?
Have the hands of a clock any left or right?
Can the garden plot be deep and dark?
And what is the sound of the birch's bark?

前所未闻

河床是否能睡觉？
山有脚来不动脚。
榔头无发无头疾，
老虎生来老虎叫。

针眼是否眨眼睛?
长城无人进出城。
驴友非马亦非驴。
鼠标无鼠为网虫。

请人吃饭无面饭。
饭店无炊住四方。
时针分针不扎手。
锯齿不刷不咬伤。

14. Evolution

By Ellen Bailey

Scholars say mankind is a product of evolution
Citing many textbooks for their conclusion
They say man is a descendant of the ape
That there is no Heaven; no Pearly Gate

Scholars say mankind is a product of evolution
And some argue for this man-made solution
But God created Earth and God created Man
Why is this so hard for them to understand?

Scholars say mankind is a product of evolution
And this muddled thinking has led① to confusion
Maybe man does act like a monkey sometimes
But it's God's help they seeks when in a bind

① 原文是 lead，恐有误，故改之。

也说进化

学者皆言人进化，
旁征点赞达尔文。
说人远祖是猴猿，
天国不存更无门。

还说进化结花果，
直立行走变今人。
其实神旨创地球，
还有万物及众生。

学者凿凿学理辩，
辩来辩去更混沌。
人类果真似顽猴，
百般愚钝求神明。

15. Daddy

By Beautiful Chaos

My father was a stern, strong man,
Full of power and pride,

My youth was spent in rebellion,
His knowledge tossed aside.

He was not a man of soft kind words,
Great moments of affection,
But he was always there, watching out,
His love was his protection.

My youthful eyes could not see,
The man that I view now,
So full of care and loving wisdom,
Which I did disavow.

Though seldom spoken, the words are there,
In the action he does take,
Those moments he loves and forgives,
Even my worst mistake.

The time he takes to show concern,
When my path may stray,
Or the awkward words which still are spoken,
When we're in dismay.

I'd never trade a single moment,
Not one, end to start,
He is my dad, I am his girl,
Always in his heart.

我爸

我爸，坚韧又挺拔，
浑身自豪，力量巨大。
我的青春期纯属叛逆，
全是智慧我也不听话。

他可不是那种伪娘，
没有那些柔情衷肠。
可他总在那里，看着，
爱就是保护他的小姑娘。

年幼稚嫩的眼神
怎能看清这个男人？
此刻我看到的父亲
关爱如丝，智若大贤。

话少，不说也是说，
胜过千言的动作：
爱我的镜头，还有大度
宽宥我不赦的过错。

我没少走弯路,
他没少指点帮助。
生活难免坡坡坎坎,
笨口拙舌的他是那样的无助。

过去的一分一秒,
我都不愿和你们交换。
他是我爸,我是他女儿,
我是他的心尖尖。

16. Mothers and Daughters

By Anonymous

You can see it in their eyes,
in tender hugs and long good-byes,
a love that only moms and daughters know.

You can see it in their smiles,
through passing years and changing styles,
a friendship that continually seems to grow.

You can see it in their lives,
the joy each one of them derives,
in just knowing that the other one is there...

To care and to understand,
lend an ear or hold a hand,
and to celebrate the memories they share.

母女

你只需观察她们，
在亲切的拥抱中，
在依依不舍的告别中，
母女互视的眼神，
只有她们能懂。

你只需观察她们，
走过漫漫岁月的长廊，
不断改变着打扮、长相，
互相微笑中的情分，
在持续地增长。

你只需观察她们，
在锅碗瓢盆的交响乐，
在对方陪伴的时刻，
那种平凡的快乐
不间断地创造着。

无微不至互相体贴，
无法理解的相互理解，
互相倾诉、倾听，
互相执手，你我的往昔
共同所有，且行且珍惜。

17. Love Might Be Blind

By Vivien Wade

Love might be blind, but it's not deaf
Is what my dear husband has said,
He claims my snoring is so loud,
It's enough to wake up the dead.

He's made some outlandish statements,
That my snoring is like a truck's roar,
Causing the windows to rattle and shake,
And like an earthquake shaking the floor.

He's tried every devise on the market,
To dull all the noise that I make,
(Though① I've never heard myself snore)
But he swears it keeps him wide awake.

I've also tried different inventions,
Which promises my snoring to stop.
There were sprays, plasters and masks,
None worked, won't buy more from the shop.

Love might be blind, but it's not deaf,
Though we married for better or worse;
Never expecting it to be this worse,
For loud snoring can be such a curse.

---

① 网页(https://www.ellenbailey.com/poems/ellen_616.htm)中是小写，故改之。

He's resorted to a drastic measure,
A sleeping pill at night he does take,
But sleeping deeply, he's begun to snore
Now his snoring keeps me wide awake!

情人眼耳

情人眼里出西施，
情人耳朵却不聋。
丈夫说我鼾雷声，
唤醒死人天地动。

到处八卦发谬论，
说我打出卡车声。
震得玻璃哗啦响，
还似地震地板晃。

逛街买回千百样，
控制鼻子发噪音。
自己打鼾已未闻，
他却发誓夜不眠。

我也试过新发明，
喷雾、膏药、口罩。
都说立马见奇效，
信鬼也不信广告。

爱情能使情人盲，
耳聪无法变耳聋。
不图婚姻无限好，

谁料打鼾胜病重。

如今老公得妙招，
每晚一片安定丸。
进入梦乡鼾声起，
回报给我夜难眠。

18. Get Up and Go

By Pete Seeger

How do I know my youth has been spent:①
Because my get-up-and-go, got up and went
But in spite of all that, I'm able to grin
When I think where my get-up-and-go has been

Old age is golden, I've heard it said,
But sometimes I wonder as I go to bed
My ears are in a drawer, my teeth in a cup,
My eyes on a table until I wake up

When I was young my slippers were red
I could kick my heels right over my head
When I grew older my slippers were blue
But I could still dance the whole night thru

Now that I am old my slippers are black
I walk to the corner and puff my way back

---

① 网页(https://www.ellenbailey.com/poems/ellen_134.htm)上是这个缺少标点的版本。笔者尊重原版，译文添加标点。

The reason I know my youth is spent
My get-up-and-go got up and went

I get up each morning dust off my wits
Pick up the paper and read the “orbits”
If my name is missing, I know I’m not dead
So I eat a good breakfast and go back to bed

起来做事

青春几何我自知，
起来做事一辈子。
不再年轻有活力，
还能笑对过往事。

常言夕阳无限好，
就寝时分常感怀。
耳朵入屉牙入杯，
双眼桌上醒来戴。

当年年轻拖鞋红，
踢腿过头有弹性。
后来拖鞋变蓝色，
还能跳舞到天明。

古稀白发拖鞋黑，
屋内踱步气喘喘。
青春已逝不再来，
起来做事少能耐。

日复一日劳身心，
读报必看大事记。
人不知我我犹在，
饭后上床再休息。

19. Getting Older

By Pam Harman

I'm not impressed with getting older,
It doesn't seem like a lot of fun,
Every joint seems to be seizing up,
And my feet won't let me run,
I don't hear as well as I used to,
My sight has never been good,
I'm still too slim, not curvy,
In spite of eating lots of pud!
I know now that I'll never be rounded,
Although for many years I've tried,
To grow a bosom I could catch crumbs on.
But my wish has been denied.
I suppose that I'm still quite bendy,
In spite of advancing years,
I'm able to push my head on my knees,
Without a hint of tears!
One of my greatest pleasures,
Is a long, long soak in the tub,
Up to my chin in bubbles,
and a bestseller from the book club.
I've always been impatient,
Some things never alter,

But now I want things yesterday,
Ask him indoors John Walter!
I guess I shouldn't grumble,
Things could be so much worse,
I could explode with impatience,
...and end up in a hearse!!

苍老心事

岁月漂双鬓，
花甲少乐事。
关节痛且肿，
慢跑无力气。
耳难辨声息，
双眼视力低。
骨瘦腰还直，
布丁没少吃。
没有大肚皮，
想胖却不易。
羡慕发福肚，
饭菜落肚脐。
年事渐古稀，
尚余柔韧力。
弯腰头过膝，
不至泪悲戚。
浴缸泡个澡，
平生大嗜好。
嘴边吹泡泡，
还能翻书报。
人老满腹怨，

万事不如愿。
日历若倒翻，
只求著等身。
嗔恚非智慧，
万物有是非。
悬崖心马勒，
气死无追悔。

20. When I'm an Old Lady

By Joanne Bailey Baxter

When I'm an old lady, I'll live with each kid,
And bring so much happiness just as they did.
I want to pay back all the joy they've provided.
Returning each deed! Oh, they'll be so excited!
(When I'm an old lady and live with my kids...)

I'll write on the walls with reds, whites, and blues,
And bounce on the furniture... wearing my shoes.
I'll drink from the carton and then leave it out.
I'll stuff all the toilets and oh, how they'll shout!
(When I'm an old lady and live with my kids...)

When they're on the phone and just out of reach,
I'll get into things like sugar and bleach.
Oh, they'll snap their fingers and then shake their head,
And when that is done, I'll hide under the bed.
(When I'm an old lady and live with my kids...)

When they cook dinner and call me to eat,

I'll not eat my green beans or salad or meat.
I'll gag on my okra, spill milk on the table,
And when they get angry... I'll run... if I'm able!
(When I'm an old lady and live with my kids...)

I'll sit close to the TV, through the channels I'll click,
I'll cross both eyes just to see if they stick.
I'll take off my socks and throw one away,
And play in the mud 'til the end of the day!
(When I'm an old lady and live with my kids...)

And later in bed, I'll lay back and sigh,
I'll thank God in prayer and then close my eyes.
My kids will look down with a smile slowly creeping,
And say with a groan, "She's so sweet when she's sleeping!"

当我老成老太婆时

当我老成老太婆时，我要和每个娃
住上一段时间，要给她们带去快乐，
像昔日的娃。给我的快乐我都要还的，
她们会有多么开心，多么激动呀！

墙上的赤橙黄绿青蓝紫我只管涂鸦，
在沙发上跳舞，肯定是穿着脏鞋啦。
饮料盒子瓶子，拿起来就喝喝完就摔。
卫生间搞得不卫生，等着破口大骂。

总有管不了我的时候，例如打电话，
乘机搅拌砂糖和洗衣粉一下下。

她们会摇头叹气甚至拍桌子。
丰功伟绩之后，我一定是躲到床下。

饭做好了叫我吃，我怎会乖乖的呀?
叫我吃啥就吃啥，又是肉又是青豆、色拉。
秋葵盒子的盖偷偷拧死，牛奶桌上乱撒。
她们暴跳如雷了，我能跑就跑，能爬就爬。

电视迷得我紧紧贴着电视机，
遥控器在手，想看啥就看啥。
练就了一双斜视眼加近视眼，脱掉鞋袜，
扔掉一只叫她们找不着它，泥巴里滚爬。

终于我躺到床上，因为瞌睡虫来啦。
闭起双眼感谢神佑，我要睡着啦!
我的孩子们会蹑手蹑脚走上前来，微笑着
打量着我，“真乖真可爱，熟睡的她!”

第二节　汉诗侯译[①]

1. 竹

作者：（清）郑燮（别名：郑板桥）

一节复一节，
千枝攒万叶。
我自不开花，
免撩蜂与蝶。

Bamboo

Joined by joints, joint by joint, growing upright,
I have thousands of branches and more leaves.

---

① 下面的汉语原诗多半是新诗，摘自《诗刊》（2015—2018）。

Why should I, like those mortal plants, bloom bright
Just to be licked by flies, bees and such thieves?

2. 卜算子·我住长江头

作者:(北宋)李之仪

我住长江头,
君住长江尾。
日日思君不见君,
共饮长江水。

此水几时休,
此恨何时已。
只愿君心似我心,
定不负相思意。

Head of the Yangtze—A Fortune-telling Tune

O the head of the Yangtze!
There's mine home and thine, at its tail.
No nocturnal second past without
Missing thee honey, how I wonder 'bout
Thee, my stream sharer downstream.
Till this river dries up with the gale,
Will mine poor heart cease its movements
For thee. I'll prove it worthy, I can tell,
Thy sparing some momentary moments
About the lonely me ever to dream.

3. 无题①

春来不是读书天，
夏日炎炎正好眠。
秋有蚊虫冬有雪，
收拾书箱待来年。

译文 1

Spring is no good time for a learner.
Summer is hot and long, ideal for sleep.
Mosquitoes in fall and snow in winter.
Let me pack up books for next year.

译文 2

In spring I can't focus on books,
Nor in drowsy summer,
Nor in mosquito-flying fall,
Nor in bone-chilly winter.
I'd put them away for next year.

4. 夏日绝句

作者：（宋）李清照

生当作人杰，
死亦为鬼雄。
至今思项羽，
不肯过江东。

---

① 重庆励志诗。

A Summer Day's Quatrain①

If I breathe, I breathe a hero's breath;
If I halt that I die a hero's death,
Like Xiang Yu, Chu's proud warrior for peace,
To be on his feet, ne'er live on knees.

5. 芋圆②

作者：徐迟英

年味渐浓思故园，
素手净洗弄粉团，
巴山楚水千里地，
芋头圆里话团圆。

Dough Taros Round and Round

Like ever before,
So homesick I grow
As the last Chinese Lunar days
To a happy close draw.

---

① 网友魏风翻译为：
To live, to be hero on the earth.
To die, to be valiant in the hell.
To admire Xiang Yu for his faith,
He not crossed the river till death.
我的评价是："还好。90分。英语无韵。第三个'to...'不妥。第四行'he not'不妥。"

② Rose作于2013年1月31日。

Hands cleansed so,
I knead the flour dough
To make a wedding with taro.
A dumpling party to come,
Is that a reunion with sises and bros so far
Off the *Jing* and *Chu* rivers
A thousand and fifty kilometres
From the hills of the *Ba*?

6. 君生①

君生我未生，
我生君已老。
君恨我生迟。
我恨君生早。

Your Birth

Then born you were
And me, not yet, and when
It was my time, you were
So big and so old, then
Ruing my delayed age,
I, yours, what an aged age!

① 无名氏所作，选自唐代铜官窑瓷器题诗。原诗有六十二行，每行五个字。据说是陶工的创作或当时的里巷歌谣。1974 至 1978 年间见之于湖南长沙铜官窑窑址。(http://baike.baidu.com/subview/373680/5064320.htm? qq-pf-to=pcqq.c2c)

7. 情形①

作者：玛雅

天黑回家
女儿取钥匙开门的时候
猫咪在门里叫
她在门外应
猫咪急急地叫一声
她就切切地应一声
女儿回应猫咪的时候
因手忙脚乱
半天打不开门
她此时
多像就站在她身后的我
多少年前晚到家时
她在门里
我在门外的样子

The Thing Back-flashed

Before the dark door,
my daughter's groping
in her bag that's heavy
for her key,
answering the door,
meowing kitty inside—
meowing, answering,
meowing, answering.

---

① 此诗刊于《诗刊》(2017 年 10 月号下半月刊，71 页)。

Behind her I see time going,
her hands not finding
the key in her hurried anxiety.
The thing back-flashing to days of yore,
off work that late I came to the door,
baby in.

8. 咏鹅

作者：（唐）骆宾王

鹅，鹅，鹅，
曲项向天歌。
白毛浮绿水，
红掌拨清波。

An Ode to the Geese

Geese, geese, geese,
your cranes so long and crooked,
constant pipe players of madrigal,
with a pair of paddlers, your feet,
beneath the pool so cool and blue,
rowing afloat snowflake fleece.

9. 初荷①

作者：唐世学

绿水荷裳诱蕙风，
支支朱笔舞波中。

① 此诗刊于《诗刊》(2017 年 5 月号上半月刊，80 页)。

蘸来裙上鲛人泪，
写尽相思满碧空。

The Lotus in Infancy

The water green,
The lotus young and upright therein,
Flirted by the breezes.
All of them, dancers so thin
'Tween the ripples, the art brushes
Of the classic calligraphers,
Tears of the Naiads Romeo-sick,
In skirts wet drippin'.

10. 银杏①

作者：唐世学

无意争高无意春，
良园野岭自精神。
秋风萧瑟枝头过，
落尽豪华见本真。

The Gingkgo

That dazzling height by far
Is not my end, nor the lofty spring air.
In a well-managed orchid
Or wilderness of a remote hillside

---

① 此诗刊于《诗刊》（2017 年 5 月号上半月刊，80 页）。

I as ever enjoy each moment of it,
E'en shivering in the winds
Of late autumn and wintry days,
My arms and limbs nakedly bare,
Devoid of flowery leaves and dreams
I delight in the nature sight, my own side.

11. 洗脚①

作者：郭秀玲

多少年来，妈妈每次洗脚
总会轻轻“哎哟”一声

母亲节，我说帮妈妈洗脚
妈妈说，天还没黑

天黑的时候，我想帮妈妈洗脚
妈妈说，已经洗过了

妈妈住院手术，我帮妈妈洗脚
我摸到四个鸡眼
和戳疼我手的脚后跟

Footbath Offer

Each time for many years, my mother
sighed O after O, in her nocturnal footbath.

---

① 此诗刊于《诗刊》（2017年8月号下半月刊，73页）。

In Mother's Day I offered footbath service
rejected by her "O O it's not evening yet".

Now that the evening turned into night
mother said "O O thanks I finished it".

Abed in hospital after an operation, my offer
met an affirmative "O O", four corns and bony heels.

12. 万物之源①

作者：梅依然

宇宙辽阔
我们是一粒尘土——
多么美丽而复杂的新世界
而我们总会感觉到有一物始于我们
也必将从我们身上流逝

How Things Be

Across the vastness of the cosmos,
things unknown come and go across.
What am I? A particle, a part of a particle.
What bizarreness! What complication!
There is to be a thing naturally
that starts by me and may startle
and in due course by me draw to a conclusion.

---

① 此诗刊于《诗刊》（2017 年 8 月号下半月刊，36 页）。

13. 向日葵①

作者：高汉

阶下有高葵，
开花向太阳。
实满却低垂，
深恐他人识。

The Sunflower

Afar beyond the stairs I see there
A sunflower, in the solar direction,
So high, blooming in blossoms full and fair,
Her head low for fear of recognition.

14. 花椒②

作者：刘道平

曾经忍刺度青春，
高挂枝头香可闻。
一着紫袍开口笑，
含珠吐玉更麻人。

The Sichuan Pepper

All its prime youth stabbed in the thorns and thistles,
The Sichuan pepper, ripe by now, seduces by its fragrance.

---

① 此诗刊于《诗刊》(2017 年 7 月号上半月刊，78 页)。
② 此诗刊于《诗刊》(2017 年 7 月号上半月刊，78 页)。

Clad in a purple robe, it wears a smile on her countenance.
Made wet, the seducer aspires and inspires, pungent miracles.

15. 咏竹①

作者：刘道平

装点青山入翠薇，
虚心惯见白云飞。
一朝截半成箫笛，
便喜人家横竖吹。

The Bamboo Song

Thou art decor for the hills, the green made greener.
Thy inside emptiness, a suggestion of vision-hunger,
A witness of clouds overhead to vanish in their float-play.
Chopped in half, holes drilled thereon, there's a Chinese flute,
Ready with the bamboo music, a cowboy's blow away.

16. 春燕②

作者：刘道平

一路风云一嘴泥，
夜阑绝壁待晨曦。
新巢欲起梁檐上，
居高哪敢忘田畦。

---

① 此诗刊于《诗刊》(2017 年 7 月号上半月刊，78 页)。
② 此诗刊于《诗刊》(2017 年 7 月号上半月刊，78 页)。

The Swallow in Spring

Evening winds and clouds behind, the bird black and white
To the cliffs, mud full-filling her mouth—a dangerous position,
A safe home for her children. Repeated substitution plus repetition.
In this cozy height she misses the fields tilled, a muddy delight.

17. 桂芽自语①

作者：刘道平

自知姿艳不如桃，
何妒春先裁柳条。
看我心曾如止水，
有芽总比去年高。

Monologue of the Laurel Buds

Worse than a peach's fruit or flower, I know my countenance—
Why envy the willow twigs, priority in the spring pruning?
I'm clear, down-earth like water, not born for bright brilliance.
Make my laurel no laurel, my bud taller in growth delaying.

18. 不应该的事物②

作者：李南

一个富人不应该瞧不起穷人
他梦想进天国

---

① 此诗刊于《诗刊》(2017 年 7 月号上半月刊，78 页)。
② 此诗刊于《诗刊》(2017 年 7 月号上半月刊，7 页)。

比骆驼穿过针眼还要难

人类不应该瞧不起一只蜜蜂
它热爱劳动，有狂喜和惊讶
并不比懒汉缺少什么

过路人不应该怠慢钟表
那秒针是一把钝刀
足以让灵魂发出哀鸣

黄昏不应该撤去最后一道光线
运河、垂柳，作业本和小提琴
将在何处安放？

当我们不再抬头看星星时
星星眼里就储满泪水
广袤夜空传来它难过的追问

The Forbidden Matters

You're rich, a mi- or trillionaire, all right.
But don't look down on the poor, 'tis not right.
You cannot go to paradise when you die,
As a camel cannot sidle thro a needle's eye.

With mammal power, my opinion is no mankind
Should despise a tiny bee he can find
Who labours so hard in her surprised ecstasy
And wants less than a human being that's lazy.

Walkers walking in a rush should not ignore

Their watch. A watchless life is such a bore.
Like a dull knife the minute hand cuts, this cutting
Leaving no wound but a sighing soul sobbing.

Behold the dusk, shining crimson! Do reserve
The last stroke of sunray, 'cos the canal's curve
With wickers bending low, kids' books and pianos,
In this dark misplacing will duly make a chaos.

Now we no more raise our heads to see any star:
They twinkle, we don't wonder what they are.
Tears in their twinkled eyes, they hear dogs bark,
To join the stars in posing questions in the sky dark.

19. 敌人①

作者：侯马

最危险的敌人
是具有相当的杀伤力
却不具备相应的防御力的人
你在反击他的伤害时
竟然不得不去保护他

The Enemy

The most dangerous enemy is he
Who fights by the greatest power and e'en kills
But hardly defends himself defensively—
In fighting back you defend two, by rare skills.

---

① 此诗刊于《诗刊》(2017年11月号上半月刊，12页)。

20. 大与小①

作者：梁文昆

小时候②
我总想写大字，干大事
做大人
去一些大的地方

现在我不会了③
我渴望小，变小
看小蚂蚁
听小情歌
过小日子

我再也看不惯大的排场
和事物，也做不了
大的梦
悲痛时，也发不出大大的哭声

Bigness vs Smallness

In childhood for bigness I strive
In things I do and words I utter
To lead a big man's life,
And to go to these big places and other.

---

① 此诗刊于《诗刊》（2017 年 4 月号上半月刊，66 页）。
② 原文这里有逗号，笔者根据作者他处风格省之。
③ 原文这里有句号，笔者根据作者他处风格省之。

Now in my midlife smallness is my pursuit,
Small in size, small in pleasure.
I watch little ants, I hear madrigals petite,
In my small man's leisure.

Big gauds and wealth, titles and consumption,
Such a display of splendour!
Incapable of huge fantacies of wistful contemplation,
Not deeds laudable or sighs audible.

21. 虎①

作者：黄梵

它就是酷夏，一靠近它
你的汗，就开始荡洗衣服
你的勇气，随靠近它的距离
一寸一寸缩短

饲养员把它锁在铁笼里
但威胁，照样穿过铁笼扑向你
你活得五光十色，却逃不出它目光的鞭挞——
你不过活在衣服的节日里，金钱的荒凉中

它在笼中的高视阔步，永远令你回味
你纵有千里江山可以行走
脚下却只剩下一条路
你甚至不敢，邀它一起挥霍

① 此诗刊于《诗刊》（2017年2月号上半月刊，72页）。

在它咄咄的逼视下，你仿佛正成为被告

The Tiger

Scorching summer it is, and once
you approach him perspiration suffices for washing your shirt
and coat while your manly courage shivers more than once,
diminishing by closeness. Doesn't he hurt?

The cattle attendant locks him in an iron cage
but his dignified power sends a horror out of the enclosure
so in your life of all possible joys for your age
your back feels a gazing lash—you live in well-clad holidays
as well a wasteland of well-paid pleasure.

His caged prance or goosestep showed
a question difficult to your wits.
True, down the Yangtze you can go anywhere,
or up the Yellow River, yet it's only the same one road
which, even if you wish, with him, you dare ne'er share.

His fixed stare, if rare,
makes you a defendant on the trial square.

22. 鹰①

作者：震杳

从峭壁剥落的高原上浮动的岩石

① 此诗刊于《诗刊》（2017年4月号下半月刊，78页）。

雪山擦拭着它的胸膛与铁翼
独饮高空藏青的雨

逃离了仰望与歌谣
破开罡风的岩石猛烈坠落又升起
把天拉得更高

只敬重锋利的飞矢
只爱当年的母鹰
只产下一枚蛋
落日般放在唐古拉山口

The Hawk

The rocks rolling off the high altitude margin
down the steep walls of the mountain—
the snow skied by her chest and wings of iron,
the rain from the dark blue for the solitary sipping fun.

'Tis an escape from look-up world outlooks and singing
of barren ballads, witness of a rock clipping the gay gale
of the high hills, then a fall-and-rise game, lifting
the sky so high, and the world beyond purple or pale.

As ever, let my respect go to a very sharp stone
or a hunter's arrow that flies, to that female flight queen,
'tween rocks of rare elevation, laying no more than one
egg, in the mouth of Mt Dangla, like the setting sun.

23. 蝴蝶之美①

作者：清水秋荷

看到蝴蝶，我就想叫它梁兄。那阵子
我以蝴蝶为蜜，以一双翅膀的活
奔赴坟茔
把花色当轨迹来爱自己
——这个世俗容不得的好看之物。
终其一生也没能酿出甜品②
它就要抖落花粉附着的人情了
听过惊雷，听过呻吟。但它
从不对万物发声。站立，只站在花草需要的位置
奔跑的、撒谎的、喜悲的，都挤压在双翅之下时
善念就飞了起来
作为埋葬：
或是嗅几下人间的花蕊
或是偷了几口上帝的蜜。而它对变化的抗拒是：
不动，用双翅夹住
整个世界的大风

The Charm of a Butterfly

At the sight of a butterfly, I call the life Liang,
Shanbo of the Chinese legend of Butterfly Lovers.
I let myself fly with the butterfly, for a time,
expecting her honey, and fanning
a pair of wings, thinner than thin,

① 此诗刊于《诗刊》(2017 年 4 月号下半月刊，79 页)。
② 原诗中该行和上一行同属一行，笔者处理为两行。

for the burial destination.
The colours thus designed, the trails
of mystic narcissist Nature,
beauty pleases not worldly senses.
I spent an entire lifetime
on the honey desserts, ever on their way.
The thundering storms over, the groans grown
hither and thither, I've got to shake off the pollens
of human "I love you" "I miss them" repetition.
To breathers and plants I'm wordless,
laying my slender legs on top of the undergrowth
where I am the least needless,
watching below my wings those that run, lie and cry,
praying the nicest wishes for the last moment.
Or by invisible nostrils I boldly play
with each fresh stamen (O men's pollution!)
or taste a secret foretaste of the Divine honey.
My eternal resistance to a shade of metamorphosis:
inaction—my double wings win,
taking advantage of every breeze by the stream,
every wind of a wintry day.

24. 蛇舌①

作者：叶丽隽

你可懂得群山纠纷之美？
于此沦陷处
停顿循环，我的身体重复着月亮的节奏

---

① 此诗刊于《诗刊》（2017年2月号上半月刊，28页）。

有时候，难以按捺
胸口那一团“类似于密云的东西”
眼睁睁地看着它们
涌出喉头
嘶嘶地缠绕、游动、分裂

开着叉像一条蛇的舌头
无言地
吞吐在空气中——你是何种气味
你是否体察
它那致命性的意图？

The Snake's Tongue

Does he appreciate the charm
of those disputes between hills in sunrays?
In a groove, he punctuates
his circulation by the lunar rhythm,
and at times, though, he cannot keep
that cloud density within his bosom,
and in his gazes of those poor ignorant preys,
from the recesses of his profound throat,
he spins hissing circles in wilful tongue-split plays.

His tongue unlocks itself into a pretty fork,
a silent breather
in the open air—how does it smell?
His fatal motive so well
covered for the last right spell.

25. 天阴了[①]

作者：龙红年

那些蚂蚁在道路上
匆匆奔忙，其中五只合力扛着一棵小草
穿过几十公分宽的土路　还有一些
背着面包屑、饭粒和香肠碎末
冒险从我们脚步的缝隙里
快速
穿越

看着她们团结而努力的样子
我就蹲了下来

蹲下来　我发现
一只蚂蚁独自扛着另一只蚂蚁的断腿
急急地
奔向了远方

Looks Like Rain!

These ants on the road
so busy,
in groups of four or five carrying one grass, unnoticeably small,
across a clay path thirty centimetres wide,
or transporting a backload
of dry bread, rice, sausage chips,
an adventure between human
foot prints,

---

① 此诗刊于《诗刊》(2017 年 2 月号上半月刊，54 页)。

with rapidity.

These ants' shared efforts in camaraderie
before the inquisitive squatter, it's me.

By that posture then I can see
one ant leg, fractured,
on the shoulders of one ant hastening to the distance.

26. 蚂蚁①

作者：雷平阳

树叶上的一只蚂蚁
它看象群过山
看日落。它每天都看
身体里面，有象群和象冢
也有一轮太阳
隔着黑夜
没完没了地喷薄

An Ant

On a leaf up a tree
an ant likes to see
the herd of elephants go across the hill
and the sunset day after day so in his body
there are those elephants, their graves,
and the sun that tears open curtains of night

---

① 此诗刊于《诗刊》(2017 年 10 月号上半月刊，14 页)。

and still bursts forth heat and light.

27. 麻雀①

作者：霜白

它们灰褐色的羽毛如披挂着泥土，
它们三五成群地翻飞，如被风吹动的枯叶。
冬天的北方，麻雀们凸显出来。
它们应该一直是最生动的一群。
而它们觅食、停留，充满了小心和惊恐，
视自己为外乡人，一副随时准备逃离的样子。

The Sparrows

The fair taupe feathers hey wear
as if clay-clad, in their hurried up-and-down flight,
like dead leaves blown about by winds.
The wintery north of this vast sphere
has nothing to see but them, the sparrows,
the vigor flock so light and bright.
Foraging around or staying
a split second here or there,
these most timid things, full of fear,
never treat themselves as locals—
to take wing any moment and disappear
like arrows.

---

① 此诗刊于《诗刊》(2015 年 11 月号下半月刊，39 页)。

28. 一树丝瓜①

作者：余笑忠

没错，我们看到的是
一连串丝瓜，挂在树上
藤蔓缘木而上
父亲笑道，没想到丝瓜那么能长，
把别的瓜菜都比下去了。
太高了，父亲懒得将它收回

丝瓜再无生长的余地
借藤蔓的余力，垂悬于寒风之中
岌岌可危，枯萎、干瘪
如今更无必要将它收回了
没有别的什么
比那条枯萎的丝瓜
更像傻瓜

我们后来才看清
接近地面的根茎，已经烂了

A Treeful of Towel Gourds

Yes, what we see is indeed
a series of towel gourds, all hanging
by a thin cirrus up,
up, and up
a dead tree.

① 此诗刊于《诗刊》(2017年2月号上半月刊，32页)。

grinning from ear to ear,
Father said, it grows so fast,
faster than other melons or vegetables.
I don't want to eat it,
it's too high.

No room for up-growth,
the towel gourd knows it,
so little by little, by a string of cirrus
it inches upward, bare in the biting winds,
ramshackle, withered, wizened.
Shall we climb to that height?
Too old for food, apparently.
The one, just a laughing-stock
of botany.

Later,
finally,
at the bottom of the tree we see
no sign of its rootstock.

29. 情人①

作者：阿莱杭德娜·皮扎尼克　翻译：汪天艾

一朵花
　　　　　　离夜晚不远
　　　　　　我沉默的身体
　　　朝着露水精巧的迫切
打开

---

① 此诗刊于《诗刊》(2017年2月号上半月刊，72页)。

My Lover①

A flower,
several hours from the night,
opens my body, quiet for many many an hour,
to a pressing eagerness of honey dew, what a
delicacy!

30. 忠告译者②

作者：范德平

如果，你试图翻译我的诗歌
请记住，我的诗扔掉了韵脚
它靠内在的语感力行走

我诗歌中母语的节奏
我倾泻的词，中间
有一条主线串起的音调
你无法翻译

我诗歌中某些词象形的本质
和词本身体现的图画
我诗歌中光芒的重量和风的甜味
你无法翻译

突如其来的激情形成彩虹的片刻

---

① 笔者以汪天艾的译文为原文译为英语。
② 此诗刊于《诗刊》（2017年3月号上半月刊，50页）。

和最先打动我的声音
有一些用典，和我
写作时冥想的气质
你无法翻译

对了，一个信手拈来
挂在嘴边的晦涩隐喻
那如同一个果实充盈的想象
还有，伴随诗分娩的牵引
我血的温度和心跳
你无法翻译

你还可能无法翻译
我草稿纸上潦草的线条
和在键盘上偶尔敲出的乱码……

The Translator One Warning Away

If, I mean if, you try rendering my poetry,
do bear in mind, I did knock
rhymes out of my lines—
poetry goes by innermost intuition.

The rhythm of my mother tongue
hanging about my diction, the downfall of words,
plus the mainstream tone running all thro,
a big challenge to translation.

The glyphic pictograms, as if on tortoise shells,

the ideas pictured in strokes so old,
the weight of the radiance and glamour,
the sweetness of the breeze,
all this, a translating impossibility.

The fraction of moment of the precipitate fire
of emotions, the earliest noises that touched the tips of my heart,
my own allusions, and my style of my contemplation ere composition,
all this, a headache to Nida, Kumarajiva whoever.

Then, a vague metaphor on hand, though dated,
repeats on my lips, like a fruit in the flight of imagination,
the pull of poetic parturition,
with my heartbeat by the rise of temperature—
all beyond interpretation.

Furthermore, you can never put into other Greeks
the scratches on my first draft, and the gibberish codes
occasionally well-nigh by mistake I type by keys...

31. 翻译软件①

作者：鸿鸿

替我把英语翻译成英语
把中文翻译成中文
把站着的中文翻译成坐着的中文
把室外的英语翻译成室内的英语

---

① 此诗刊于《诗刊》(2015年11月号下半月刊，79~80页)。

把呼吸翻译成喘气
死亡翻译成越来越甜的回忆
把一根烟的时间翻译成
960 万平方公里的雾霾
把行走翻译成行走
不管你走到哪里
最后剩下的
就是我们称之为诗的东西
而漏失的是一个孤独的人
整整的一生

The Translating Software

translates English into English for me,
Chinese into Chinese,
Chinese on its feet into that on its seat,
outdoors English into indoors,
breathing into gasping,
death into sweet recollection,
time for one cig
into haze covering 9,600,000 km^2,
walk into promenade—
wherever you go,
the last thing left
is what is known as poetry,
missing the entire lifetime of a solitary
man.

32. 不要在松树下坐太久①

作者：空格键

坐久了
你会变成一张古琴
但无人弹奏

犹如远处山泉
白白流走

而你仍然将弦紧绷着
像一个欠债者

欠明月一声长啸
欠朽木，一次醉心的雕刻

Don't Sit Too Long Under the Pine Tree

'cos sitting long
makes you turn into a Chinese zither
none can play,

like the fountain off the distant valley
zigzagging away, in vain—

why do you pull the chords tight and taut
as if you owe a huge debt,

---

① 此诗刊于《诗刊》(2017 年 7 月号下半月刊，69 页)。

a long outcry to the bright moon,
an indulgent engraving to the wood, very dead?

33. 敲打字词①

作者：欧宜准

用键盘敲打
“我爱你”
这个字语

敲打“我”
这个字的时候
用力一点
因为这个字是我

敲打“爱”
这个字的时候
轻一点
因为这个字是爱

敲打“你”
这个字的时候
更轻一点
因为这个字是你

① 此诗刊于《诗刊》（2017年7月号上下月刊，67~68页）。

Keyboard Typing

Typing on the keyboard
the three oft-uttered words
“I love you”:

in typing the word “I”
type hard very hard
for it’s me,

as you spell out the word “love”,
do it light, lightly,
as it’s love,

and finally when you come to the word “you”
lighter, by far lighter
’cos it’s the you.

34. 大箕行①

作者：周广学

走的不只是错落在大山里的这些村子
还有松林寺、圣母院、摩崖石刻
其中有文字，有诗，有历史
——蜿蜒蛇行之路

---

① 此诗刊于《诗刊》（2017年8月号上下月刊，71页）。作者周广学是山西人，未必造访笔者故乡（湖北大冶）的名山大箕山，但鉴于同名及立体诗感，斗胆译之，以慰乡愁。

一直探向深处
那一方方
洞天

Mt Daji and the Tourer

My feet in the up- and down-climb covering not only villages in the mounts
but also the Pine Temple, the Cathedral of Notre Dame
(or Church of Our Lady), Precipice Inscriptions,
where I read characters, poems,
history—the narrowest
paths zigzagging to
the distance that
leads me to
heaven
caves.

35. 故乡①

作者：徐庶

老屋倒了，竹林砍了，麻雀散了
叫故乡的地方，几座枯黄的坟茔在坚守

父亲、祖父、祖母，用白骨霸占的小块土地
成了我的故乡

没有"房产证"的房产

① 此诗刊于《诗刊》(2015年1月号上半月刊，55页)。

My Home Village

The old homes collapsed,
the bamboo woods cut,
the sparrows dispersed, disappeared,
here used to be my home village, now substituted
by graves old and gray
that strongly stay.
The little splats of land occupied
by the white ashes
of my father, my grandfather, my grandmother, remains of my home village—
my housing estate
sanctioned by no house-ownership certificate.

36. 当我老了①

作者：段若兮

坐在上升的暮色里，掌管天空、露水、大风和星辰
太阳和月亮是我的两枚印戳
人间如瓷，还是脆弱而美好的模样

孤独？
我的孤独在年轻时就已挥霍尽了：
那时我慷慨如帝王，把孤独炼成金块，抛向人间
人间回报我以草木之心
皇冠？随手送给一个过路的孩子，不问他的姓名

① 此诗刊于《诗刊》（2017年12月号上半月刊，16页）。

来处和归途

当我老了，我不需要任何一个男人的爱情
心底只留下温柔的狮子、善良的狼、高贵的鹤
谦逊的泥土和转瞬即逝的露水
我会依次爱上拐杖、轮椅、病床和窗外小片的天空
天空中有王的面孔
温柔地爱着药片、病历、水杯、老花镜和古旧的线装书
我要把爱旧了的人间再深爱一遍

当我老了，白发飘垂，皱纹深刻
众生皆老，而诸神爱我
我仍以枯尘之躯，保存洁净的泪水
在每一次抬头仰望时流下来

When I'm Old

In the dusk falling on my forehead
I sit long, a manager of the sky, dews, winds and the galaxy,
letting the sun and the moon go on to be my overprints,
and this mundane world, like china, remain in its style of fine fragility.

Solitary? My solitariness I squandered in youth
the way her majesty spent her silver coins,
refining loneliness into gold bullions
to be cast down into the world below
that in return gave me a heart of grass and green
whereby I made a laurel-like thing
for a young male passenger whose name and destination
I did not question.

When I'm old I don't think I need any man's love
for my heart leaves room for none
but the docile lion, the kind wolf, the noble crane,
the humble soil, the fleeting dews of morn or eve moments
and then I shall one by one fall in love with the crutch,
the wheelchair, the ward-bed, the tiny sky patch out of the window-pane
where I see the face of the queen,
and with the pills, the medical history, the water glass,
the presbyopic spectacles, the archaic books thread-bound—
on my way to love the world, love-worn.

When I'm old, grey and white,
wrinkle-ditches deep and wide,
I find all my fellow earthlings aging and despite
of this slow stupidity all gods still love me, they claim, so in me,
this wind-weathered shell of withered clay will still be
preserved the last round of tears, undefiled—
nice timing I need for tear-shedding
because, you know, looking up is uneasy.

37. 我爱她像……①

作者：沈浩波

我爱她像母亲、女儿和妻子
所以她像母亲一样严肃
像女儿一样对我轻蔑
像妻子一样冷漠

① 此诗刊于《诗刊》(2017年1月号下半月刊，72页)。

The Way I Love Her

I love her the way
I love my mother, my daughter and my wife
so she wears serious mother's looks all day,
holds me in daughterly disdain
and gives me wife's indifference all her married life.

38. 悬崖边的树①

作者：曾卓

不知道是什么奇异的风
将一棵树吹到了那边——
平原的尽头
临近深谷的悬崖上

它倾听远处森林的喧哗
和深谷中小溪的歌唱
它孤独地站在那里
显得寂寞而又倔强

它的弯曲的身体
留下了风的形状
它似乎即将倾跌进深谷里
却又像是要展翅飞翔……

---

① 此诗刊于《诗刊》（2017 年 1 月号上半月刊，17 页）。

The Tree at the Cliff Edge

What wind of yore blew and blew
and unwittingly blew a tree over there—
the end of the vast plain where
it overlooks the valleys in deep blue?

This tree on its feet thin and pale,
eardrums open to tumults of the forest distant,
the chorus of streams hidden amidst the vale,
obedient to no power ever existent.

Its crooked body, a tapeless recorder
of the shape of each past passing gale,
falls well-nigh to be the lowest lodger
or takes off to heaven vault or the V-vale.

39. 西藏①

作者：向晚

你想去西藏，在白云上看最和蔼的山
在沉醉的流水中
消弭你多余的个人主义
最好你的内心
——也变成善意的风景
如果季节允许，你就在石崖上安睡
问候微风

① 此诗刊于《诗刊》（2018年2月号下半月刊，17页）。

问候都市的高楼，也问候
故里——你那死去的几朵蔷薇
时间远走，你也想远走
可你只能苦笑
就像苦笑着你可怜的爱情
如果在冬天
你愿意等待最后一片雪花——
落在你瘦弱的枝头
在西藏——在你挣扎的青春还未白头

Tibet

If you wish to visit Tibet
to see the most amiable mountains by white clouds,
to kiss goodbye to your superfluous individualism
in the intoxicating water,
your innermost part you'd better alter
into kind scenes like scenes you have seen,
or weather permitting, you can enjoy a short slumber
on top of the rocks on the top,
saying hello to the high breezes here
and to high urban buildings back in your home town
and to your roses withered and half dead,
or if you, like the chariot of time that's vanished into the distance,
want to flee,
you'd have to drop it
the way you drop the bygone love,
and if, in wintry days, you long for the last snowflakes
to drop onto your fleshless branches here in Tibet,
before the struggling youth is not all used...

40. 村庄的故事①

作者：宋峻梁

从胡同里走出一个胖女孩，可是
又从她那从容的神态里，看出妇人的成熟
这个女子，肚子有点腆着
相貌上像谁又不像谁
我不认识她，然而
她的确是我们村子的，甚至还是邻居
也许是谁家的孩子长大了
也许是谁家的孩子娶的媳妇
我这样一想，不得不感叹
哎，这个村子是她的了
这个村子的故事在重新生长

The Village Story

I see a stout girl out of a narrow alley.
Her leisured stance suggests a maturity.
Closely, in the central protrusion
I see a mild pregnancy
and in her face I find someone
and someone else. Sure she is a stranger
to me, but she is a villager,
or my adjacent neighbour.
Is she someone's daughter
now grown up or a wife

① 此诗刊于《诗刊》(2017年1月号上半月刊，17页)。

of someone's son?
Ah, to her this village belongs—
an author of the village story-book.

41. 题贺国贸学院更名新征暨文化节——七律

作者：王松柏

国贸更名造势来，
培源固本锦猷开。
名山日月抒新志，
伯乐方圆跻翰台。
师道学风交响曲，
内涵外向大体裁。
品牌特色题方擘，
更上层楼赋壮怀！

Trades, and Big Biz and the Cultural Festival①

What's in a name may mean very little to the world,
But to me and to our faculty it's a whole world

---

① 兄弟院校好友谢女士让我修改其同事某君的翻译。觉得只好重译（2017年11月26日）。原译如下：

For the Renaming of International Business College and for the Cultural Festival
The aim to rename our college is to welcome opportunity and challenge,
To foster and enrich our advantages has us build up a great strategy.
The famous mountains, the sun and the moon witness our new aspiration,
Masters from all directions join us to realize their ambition.
Virtues of our teachers and students echo to each other,
The fame of our college spreads farther and farther.
Features of our brand are highly praised here and there,
To reach our goals, we must go up higher and higher!

For its internationality in trades, and big biz.
Nature of nature! Let's inch to natural bigness
To find out that that's there, by pure nature master.
Oh my campus! Standing so high amongst the flowery bushes
Amidst mounts and lakes, hotbed of philosophical moustaches,
Of the art of ink and chalk, whose owners are a master,
And 'tween those lines I hear a Confucian style of orchestra
Or Platonian. Oh sir, were you born for minds or hearts,
Or both? But at this time my mind gives way to my poor heart's
Thrill (it's always thrilled in ceremonial seconds, beats fast).
Now eyes closed, I allow my mind to pray in silent piety:
Let us still adore the artists of pen and chalk, book-thirst.

42. 饭食之德与感恩词①

一粥一饭，
当思来处不易。
自奉必须简约，
宴客切勿流连。
饮食约而精，
园蔬愈珍馐。
勿贪口腹而恣杀牲禽，
萝卜白菜保平安人生。
或饮食或坐走，
长者先幼者后。
对饮食，勿拣择，

① 作者为无名氏，网上有不同版本，此为笔者的综合版，末尾增加了“愿天下所有人都有饭吃！”。

食适可，勿过则。
若衣服，若饮食，
不如人，勿生戚。
厨中有剩饭，
路上有饥人。
感恩天地滋养万物；
感恩国家培养护佑；
感恩父母养育之恩；
感恩老师辛勤教导；
感恩同学关心帮助；
感恩农夫辛勤劳作；
感恩大众信任支持。
愿天下所有人都有饭吃！

The Dining Virtues and Thanksgiving Words

Porridge or rice, food does not fall from the sky.
Eating by yourself, food should be simple,
And brief and succinct while entertaining people.
Simplicity in food and dishes means not you die:
Vegetables from the garden surpass delicacies.
Never kill poultry or cattle red-handed just to please
Your tongue and stomach, for radish and cabbage
Carry us forward in the safe vehicle of peace.
With regards to dining and seating and walking,
Mark this: elderly first, younger ones follow them.
Dining with people, do not be greedy or particular
And select and put in your mouth things you favour.

Rue not, resent not that your clothes or food
May look worse than others', for now behold,
As you have left-over food in your refrigerator
There be beggars begging from door to door.
I thank heavens, the sun and the earth, for everything.
I thank my country for education and protection.
I thank my parents for breeding me like a seed.
I thank my teachers for enlightenment and instruction.
I thank my classmates for concerns and assistance.
I thank farmers for labour in the fields and perspiration.
I thank all, all of you, for all support and confidence.
Let all earthlings stay away from famine and starvation.

西南之花泸医①

43. 西南医科大学颂歌（一）

忠山灵秀育英才，
两江潮起谱华章。

Southwest Medical University: Ode One

Idyllic Mountain Zhongshan so lofty to cultivate outstanding elites,
The Yangtze and the Tuojiang River, in sumptuous duet symphonies.

---

① 此为西南医科大学（旧称“泸医”）宣传手册的局部内容（作者不详），由冯梅和笔者翻译（2014 年 6 月 10 日）。

44. 西南医科大学颂歌（二）

流金韶华满忠山，
桃花李影舞翩跹。
回廊亭台今犹在，
离骚风情亘依然。

Southwest Medical University: Ode Two

Golden time passes by stealthily on Zhongshan Mountain,
While peaches and plums whirling about slightly in the wind.
Yet the pavilion and cloister are still there,
And the reluctance to leave remains the same.

45. 西南医科大学颂歌（三）

卓乎泸之南北，
襟三峡而带巴渝，
控秦雍而引羌僰；
俯万里之长江，
擎中天之日月。

Southwest Medical University: Ode Three

The hill, the giant, lying right in the middle of Luzhou,
Overlooks the fields of the south and streams of the north,
Fiddling over the narrow collar of the Three Gorges,
Where he rubs shoulders with Qinyong Qiang men and women
And at times, swims mile after mile down the Yangtze River,

Wondering about the sunlings and moonlings and their deeds.

陈颖波组诗①

46. 此情不变（一）

近年潜心去修炼，
我与亲友少会面。
时空相隔心相连，
饮水思源情未变。
此刻君虽在天边，
倩影却现我眼前。
三阳开泰新禧来，
为君祝福千万遍。

More than Constancy（I）

Recent seclusion for Taoism- or Buddhism-like meditation
Robbed me of chances of rubbing shoulders with thee,
And friends and family, but even in those self-cultivation
Moments of silence I missed thee in great gratitude
To thee: I drank like a bull from the well thou dug for me.
As thou art living now by the end of the world in solitude,
In the breeze of late spring so blessed by Providence
Let me pray to Him, eyes closed, for the best blesses for thee.

---

① 下列的陈颖波组诗是广西文化名人陈先生委托笔者翻译的。零散地发表于其诗集，即陈颖波、王志娟编著的《斑斓岁月》（第一册）（北京：中国文联出版社，2016）。

47. 此情不变（二）

百歌上网又一年，
请君兴来点一点。
下里巴人君莫嫌，
引玉之砖求高见。
但愿来日出名篇，
满君之意我欢颜。
“驿外梅花陈颖波”，
为君高歌每一天。

More than Constancy (Ⅱ)

Baiduing half an hour, googling a moment,
Year in year out, this low life of an old netizen
I am but a countryman that learns those hard arts
Of men of letters, so starry-eyed and so wistful
For my ideas to go beyond south China and wide.
Once made to enlighten minds or else to please hearts
Behold me, this "unprofessional star" of Canton, full
Of delight, a skylark chanting gaily in drizzling daylight.

48. 狮王天下（一）

文翰樵山狮艺雄，
南狮演绎确威风。
狮王争霸寰球赛，
节日设擂迎猛龙，
水秀天湖来万众，
姿英风采出名宗。

形神惟妙高桩上，
各领风骚绝技中。
一代宗师后裔壮，
飞鸿狮艺冠长虹。

The Lion King（Ⅰ）

In *Xiqiao*, the tiniest town by the southern sky, my hometown,
Warm hotbed for old-time poet-sages, youngsters all driven crazy
About lion-dancing—two men make one lion and one lion makes a man—
Lion kings and their kids dancing here and jumping there so happy—
More than a welcome in festivals when thousands throng in renewed friendship
By the lakeside, hands clasped in merriment. Lo! The king-queen pair,
Hopping in pairs from stump to stump, from pole to pole, kissing one another,
Fiddling each other, no privacy in enviable dalliance, all by unique craftsmanship
Of a dress-rehearsal kill of the team, headed by master wearing grey hair,
The lion king's king, followed by those cute cubs, many many a follower.

49. 狮王天下（二）

岭南名胜西樵红，
羊岁新春狮霸疯。
央视全程直播送，
世间瞩目共推崇。

湖中铁索断桥挂，
水上双狮舞步丰。
观众彩声如海动，
高台狮醒亮真功。
西樵狮勇震天下，
冠亚囊中众认同。

The Lion King (Ⅱ)

It's *Xiqiao*, flower of *Lingnan*, big south sphere,
Where lion artists at the threshold of the Ram Year
Make a circus hit, grabbing each throbbing heart—
Broadcast live by CCTV, by all mass media,
So that makes *Xiqiao* a town world-wide renowned.
Look at the iron chains across the water,
There, the lions showing us their dangerous art.
Will they drop? Will they fail? They just do it,
Outdoing *Wong Fei-hung*. Do the *Xiqiao* men
Make the lion kings or the other way round?

50. 女子龙舟（一）

樵山滋润百花放，
女子龙舟也辉煌。
小小河涌腾细浪，
弯弯溪水出蛟王。
澳门多届锦标赛，
问鼎归来庆祝忙。
若究英姿何处养，
世间奇迹出村乡。

农耕选手胜专业，
艺出勤劳耀光阳。

Dragon Boat by Women (I)

All little flowers, now in full bloom, on hillsides of *Xiqiao*,
In the fifth lunar month, and little girls and young women
All ready for the yearly event of dragon boat games, as traditional
As local and provincial, right on the little streams of *Xiqiao*,
The queen (I'm saying of female rowers) is that little girl once again—
Frequent visitor of Macao and elsewhere for championship contests,
She returns with that glory of gold or at least condescending silver.
By no means a giant, she is a little girl from the country fields sterile
Which she ploughs and tills, rakes and sows, reaps and harvests—
What is her hobby? You may ask. Dragon Boat, that's the answer.

51. 女子龙舟（二）

西樵山水尤清亮，
巾帼英姿励志强。
西北两江流水畅，
赛龙备战天然场。
中华国际龙舟赛，
夺锦探囊话家常。
大小冠军不胜数，
风靡世界美名扬。
五星胜地文明镇，
体育扬名史册彰。

Dragon Boat by Women (Ⅱ)

On beautiful streams around beautiful mountains
All of *Xiqiao*, my hometown township,
You can see them, the little girls suntanned and coy
In little dragon boats for that sport and that spirit—
The rapidity of undercurrents is their secret joy,
The annual event their only great annual expectations—
The hard rowing their life style, the rowing style—
The gold medal the best brooch for lakeside women.
Here is no place for Jordan or Yao or Harden—
Just little heroines, *Xiqiao*'s moonfaced boating dragons.

52. 我的中国梦（一）

神州大地，天朗风清。
国梦当圆，乡愁紧铭。
你我梦想，今朝得应。
文明是继，和谐满盈。
自由更生，平等互敬。
爱国如家，敬业齐荣。
大展宏图，万事共胜。
扬帆破浪，同济励精。
万众一心，龙腾脱颖。
中华民族，伟大复兴。

My China Dream (Ⅰ)

Shen Zhou, or Divine Land! My ancestry dubbed it thus,
For vast is the land, and the sky too, and blue. Being Chinese

We eat the same rice and wheat, thus
We think the same thoughts and concepts, thus
We dream the same dreams and nightmares,
For we share the same fatherland, home of many yellow homes.
Carriers of that torch of Confucius Philosophy from Shandong
With a dose of Taoist harmony and modern self-reliance
And mutual respect and fraternal camaraderie that is a French loan,
As dedicated to position and family as loyal to the nation.
A huge aspiration fostered in the hearths and homes:
Good deeds pay off; Rejuvenation of the oldest civilization.
One Two Three Go! All descendants of the yellow dragon,
Forging into the heart of the Yangtze or the Yellow River—
By backstrokes, butterfly strokes or breaststrokes
We enjoy the wavering waves and the fiery foams.

53. 我的中国梦（二）

华夏山河，水秀山明。
践行国梦，百姓欢迎。
你我追求，民生诗咏。
民主先行，富强国灵。
法治理明，德修公正。
笃行诚信，友善长宁。
改革奔康，群情鼎盛。
团结奋进，岁月峥嵘。
世界和平，普天同庆。
中华民族，伟大复兴。

My China Dream (II)

This is a land, very very old, very very remote,

Land of high and low lands and deserts and plateaus,
Land of streams and lakes and rivers and waterfalls,
Land of hills and mountains and the Tibetan Himalayas,
Land of dragons and dragon festival and boat-rowing,
Land of etiquette and rites, bowing deep, kneeling on knees,
Land of silkworm crawling on mulberry leaves and Silk Brocades
Land of Buddhist Scriptures, worship and translation,
And *Hsuan-Tsang* Pilgrimages with his Monkey King disciple,
Sun Yat-sen's democracy and *Mao Tsetung*'s M-L thoughts—
One country, two systems—we have HK and Macao;
One country, one game—we have *pingpong*,
One country, one dream, a big national dream:
All to be well-off, all to be well-read,
All to be morally perfect, just and fair and sincere and honest,
Open-minded and open-hearted, right and righteous and all right.
The law makes all good guys and no villains,
All being *Lei Feng*s, benevolently ready to help people.
If *Xiaoping* blueprinted the reformed politics and economics,
Three decades have passed ever since the fall of the four.
And in honorable memory of *Deng* and his men,
The people of this glorious land are more than united, like one,
In shared efforts for the shared China Dream
That is, National rejuvenation, and international peace.

54. 侗乡三宝之序曲①

民风淳朴热情友好，
侗族人民引以为豪。

① 作者是陈颖波、龙荣艳。原作这里没有标题，其他是“（一、二、三、结束语）”。我们改为“序曲、一宝、二宝、三宝、尾声”。

湖南怀化你可知晓?
是否去过美丽通道?
独岩皇都景色妙,
万佛双江山水俏。
侗乡申遗有三宝,
鼓楼侗歌风雨桥!

Prelude of the Triratna of the *Dong* County

What simplicity! What warmth!
Simplicity in life and warmth in reception.
No simpler simplicity, or warmer warmth
Than with the *Dong* folks in *Huaihua* of *Hunan*,
Holy homeland of Chairman *Mao Tse-tung*,
Red cradle of the red long-march revolution,
Red enter-close to longer-march red reconstruction,
To the intact royal stronghold on one colossal stone,
To the Buddhas inspecting and blessing the lower valley
Of the two grand charming *Dong* rivers,
Introducing the triratna of the *Dong* country:
Drum-tower, Wind-rain Bridge and *Dong* ballads.

55. 侗乡三宝之一

神奇鼓楼世人夸,
标志建筑尤典雅。
结构严谨技高超,
能工巧匠流芳华。
鼓楼材料精挑选,
中华建筑出奇葩。
艺术传承集中地,

大事商议聚众家。

Treasure One of the Triratna of the *Dong* County

Not armed with firm cement or iron,
Nor soaring into the azure acme with that height
The drum-tower enjoys all charms and graces
With which is endowed, the *Dong* tour-guide says,
Any classical Chinese construction.
Simple and tight, clear and bright,
The drum-tower is an architectural miracle,
Incarnation of ancient building arts
Of brick-laying and stone-standing,
Belittling those of *You Chao Shi* and *Lu Ban*'s.
Behold the tower towering up other prides
Of *Dong*—for visitors and me it's elegance.

56. 侗乡三宝之二

起嘎赛嘎与梅嘎，
侗歌角色须分家。
爱河荡舟歌表意，
阿哥阿妹尽情洒。
我唱侗歌你点拨，
传播情谊添快乐。
饭养身体歌养心，
常唱侗歌人洒脱。

Treasure Two of the Triratna of the *Dong* County

Is it *Qiga*, *Saiga*, or *Meiga*? All components

Of the *Dong* ballads. That's their local art!
If *Gama* is sweet girl's singing, that of a nightingale,
Gaxiang is ethic style, telling right from wrong,
And *Gaji*, narrative knitting of a fibre of a moving tale.
Just a flute, and more often no music accompaniments.
There comes the man, chorus leader, followed by voices
High, medium, or low. Lo! The *Dong* boys and girls
Now in hot exchanges of purest love by romantic songs
Overflowing the *Dong* lakes and the *Dong* rivers while
Older folks chant for friendship or just to beguile
The slow passage of musical time and musical water—
These *Dong* folks are born singers, and each *Dong* child,
Beings on notes of *Qiga*, *Saiga* or *Meiga*, bro and sis of Naiad.

57. 侗乡三宝之三

花桥又名风雨桥,
标新立异侗人骄。
人文交流负重任,
设计独特藏绝招。
耳听为虚太飘渺,
眼见为实心宣照。
待你流连忘返时,
方知花桥天下娇。

Treasure Three of the Triratna of the *Dong* County

With five piers, and booths in between, the long thing
Is supported secretly by pounding bottoms supported by pine—
This *Huaqiao* or Flower Bridge, known as Wind-rain Bridge,

The bridge that bridges up the *Dong* villages, villages of mine,
And outsiders, on bare muddy feet shoulder to shoulder,
Or seated bare-footed vis-à-vis on wooden stools, heartily chatting.
Wordsworth's pen or *Li Bai*'s fails when it comes to a description
Of its "exotic elegance" for its magnificence goes so far
Beyond any description, nay, any human figurative imagination.
You've got to go and see by your own eyes and observe afar—
The bridge is not a bridge, just as it as a matter of course is a bridge,
Unlike *Zhaozhou* Bridge, or the Thames Bridge.

58. 侗乡三宝之尾声

湖南怀化你可知晓？
是否去过美丽通道？
侗乡名扬申遗有三宝，
鼓楼大歌还有风雨桥。

Epilogue of the Triratna of the *Dong* County

No simpler simplicity, or warmer warmth
Than with the *Dong* folks in Huaihua of Hunan,
Red enter-close introducing the triratna of the *Dong* county:
Drum-tower, Wind-rain Bridge and *Dong* ballads.

59. 盛世侗乡（一）

多嗄多耶①永不寂寞，

---

① 作者是陈颖波、龙荣艳。根据作者陈颖波，侗族语的“多嗄多耶”意为“载歌载舞”。

琵琶芦笙曲不离我。
龙灯歌舞喜庆丰年，
侗乡人民美好生活。
春雷特爱演唱侗歌，
钟情通道颂扬万佛。
刘雁雷佳张也王丽达，
南北众星好歌来祝贺。
《茶酒飘香》红红火火，
《侗乡三宝》再添佳作。
游子携歌回归故里，
父老乡亲快乐祥和。

Heyday *Dong* County（Ⅰ）

The *Qiga* tunes, melodies of more such *Dong ga*'s
And the *dos yeeh*, the oldest *Dong* dancing and chanting
To the music out of a *pipa* lute or a reed-pipe wind instrument
That's the flow of primitive woes and modern love,
Tears several centuries old, and laughter about nothing laughable.
The color dragon lanterns held so high in the sky by young guys
Who kick a crazy dance for the new bumper harvest,
And girls in the *Dong* costumes hastily join the dancers
Or stun keen joiners by traditional looks and traditional throats.
The spring breeze, the summer thunder, and the autumn rain,
And the winter winds, all join in, in blessed celebration
Of the new life, old and new, old yet young.
Who are they? *Liu Yan* and *Lei Jia* our great singers.
You can't miss *Zhang Ye*, and *Wang Lida*, queen of queens,
And wanderers and travelers that after a big absence come home,
And old parents and grandpas and their wives and youngest descend-

ants,

All here to sing the *Dong* songs of this *ga* or that *ga*,

The warm-hearted songs of tea and wine, songs of *Dong* Triratna.

60. 盛世侗乡（二）

父母双亲嘘寒问暖，
兄弟姐妹情深谊长。
车水马龙崭新气象，
通道城乡大大变样。
宾馆林立贵宾满堂，
幢幢新楼竞争风光。
侗乡笑迎天下宾客，
盛世通道恰似骄阳。
《盛世侗乡》《茶酒飘香》，
侗族大歌中国原创。
侗汉双语凯歌高唱，
世人点赞天下分享。

Heyday *Dong* County（Ⅱ）

The moment my feet touched my home-village soil again,

I immersed myself in the depth of warmth of parental love

For they asked me those old questions time and time again

And my siblings too as if to demonstrate the figure of repetition.

In the *Dong* township not far I saw so many noses gathered there,

Moving, chatting, laughing, alongside parked automobiles—

What a lovely hubbub! Two decades ago, just roads for hand-tractors—

A row of stalls and shops intersected by wooden hostels and hotels,

All busy about small business, among a forest of wooden structures,

Two or three storeys high. Yes, we *Dong* folks hold things to ourselves

But we're learning to be open, all smiles to visitors elsewhere.

"*Heyday Dong County*", the name a local song, can be heard far and near,

And "*Tea and Wine in the Sunshine*", all by local men and women,

Bilingual, now in *Leec Gaeml*, then in Mandarin, move hearts so.

Can they sing in lingua franca English or romantic French?

Or Greek parole of Aristotle's wisdom? Or Italian the tongue of football?

附录1　侯诗英译：语用翻译学路径（论文）

How My Poetry Is Translated
A Pragma-Translatological Approach①

1. Introduction: My Poetry on Its Translation Way

Robert Frost's most frequently quoted saying "Poetry is what gets lost in translation" rings familiar to the ears of translators, sending shivers down their back columns. Given a dose of truthfulness in the Frostian verbiage, the untranslatability school finds shelter in translation of poetry, because poetry, if translated or translatable at all, is always a trying job. That is why Xu Yuanchong in China is adored widely—he tried several hundred poems of the Tang Dynasty. By the same token, because of good or successful translation of a myriad of poems in the classical novel *The Story of the Stone* of Cao Xueqin & Gao E, let alone prose of the 120-episode literature for the main part, Hsien-Yi Yang & Gladys Yang and David Hawkes & John Minford enjoy tremendous popularity.

As a linguist, I occasionally and ironically churn out poems, in English or Chinese, in a few forms or genres. After Hou (2014), a collection of poetry (including my translation of others, Chinese or international poets of any time), I am now setting my shoulders to the wheel of another, split into two parts: poetry by me, and poetry translated by me. For the first part, I compose in both languages, some translated by friends that do not hate my style and like translating for a hobby. As I converse with them

① 发表于 *Translating China*, 2019 年。

about ideas and translation skills, and as I, by their rendering artifacts, share the source-text (ST) or source-language (SL) poetry with translation versions in the Apple-Reading Seminar, an academic forum of Huaqiao University, Fujian Province, P. R. China, where I teach linguistics, I delight in and benefit a lot from discussions with my colleagues and students. And I am often encouraged to share by way of a paper my poetry and my insight, really at times the translators' insight, into the poetry world, be it ST or TT.

Below come three English poems of mine, two translated by Yang Jiawei, a young friend of mine in Chongqing, southwest China, and one by myself, all analysed in light of Pragma-Translatology, hoping to contribute to poetry appreciation, translatology, and pragmatics.

2. The Main Thrusts of Pragma-translatology

By marrying the Markedness Theory of the Prague School and Eugene Nida's Functional Equivalence Theory (1984, 1999), Hou (2005a, b, c, d, 2008, 2019 (forthcoming)) formulates what is called "Pragmatic Markedness Equivalence Theory" (PMET). According to PMET, a sentence, other things being equal, should be translated from SL/ST to TL/TT (target language/text) in such a way that not only its meaning refrains from going astray but also its pragmatic markedness value (PMV) in the parametre (at the level) of diction, phrase, construction, order, orthography, handwriting, variety, style, rhetoric, etc. is equivalently (not equipollently) rendered (Hou, 2005c). If "natural equivalence", namely pre-existing equivalents, usually lying on the rung of lexicon, is impossible (to search) in translation, the translator should strive for "directional equivalence", i. e., trying to bridge or close up the gap between SL and TL to the greatest possible extent (Pym, 2007: 271; Munday, 2016: 78).

Thus, if ST is partly characterised by its monosyllabic Anglo-Saxon diction—let it be unmarked, then the translation is supposed to be easy common words to be applied, for PMV equivalence. Inversion (of syntactic ordering) in ST, if prominent, should be captured and represented in TT, for equal PMV. Poetic style, say, in a prosaic written discourse, ought to be made stylistically poetic with the framework of a prosaic text, otherwise, loss of stylistic PMV. Likewise, a vivid figurative trope should be rendered as vividly as a trope deserves, or the translating risks sacrificing a proportion of its meant PMV. Hou (2017) studies metonymy translation in the same approach, putting forward the "View of Metonymy Pragma-Translation" (VMPT), which emphasises: 1) the metaphorical vagueness and contextual effects of metonymies, 2) contextual constraints on metonymies, 3) relativity of translatability, translation correctness and translation appropriateness (pp. 40-41). Other tropes can largely be dealt with likewise.

As indicated by sayings like "a tooth for a tooth, an eye for an eye", a competent translator is PMV-sensitive and adept at representation of equivalent PMV of various types in addition to the semanticity preservation. Not only the same PMV of a certain parametre is to be attained in the translation, but also that of the same parametre. Therefore, a metonymy had better be a metonymy in translation. When handicapped in rendering, the translator should make do by a similar rhetorical means, like metaphor, pun, zeugma (if semantically and textually relevant), or there will be loss of rhetorical PMV in the translation. Considering numbers of parametres and amount of PMV in the rendering of a sentence or a paragraph (if not a text), we can, theoretically at least, calculate the PMV in each case for ST and find out the PMV in each case with TT, so that it is possible to measure or decide on the total bona fide ST-TT PMV-equivalence or inequivalence (Hou, 2005c). The above ideas of PMET have developed into a pillar "industry" of the emerging interdisciplinary learning "pragma-translatology", on a par with the other two pivots of pragma-translatology:

the Relevance-Adaptation Approach (RAA, Gutt, 1991/2000; Zhao, 1999, 2003, 2005) and the Constructivist Approach (CA, Lü, 2004, 2005). In the data analysis below, for the pragma-translatological approach, we resort to the PMET and RAA mentioned previously—more specifically "markedness', "PMV", and "equivalence" from the former and "relevance" and " (pragmatic) adaptation" from the latter.

Translation of poetry involves both "semantic translation" and "communicative translation" (Newmark, 2001) on the one hand, and "strong communication" and "weak communication" (Webber, 2005) on the other. Then, "semantic translation" and "strong communication" match up for configuration of unmarked translation, *iff* (if and only if) translation means understanding of the ST meaning before resaying it in TL. In contrast, "communicative translation" matches "weak communication" — when people rub shoulders with each other for social interaction, they are just phatic, chatting about the weather and other empty topics. Their exchange of propositional content does not matter as much as the hard fact of their exchange per se in order to set up or maintain a desirable pragmatic identity or pragmatic distance therebetween. In the former case meaning faithfulness counts in interlingual communication (rendering), whilst in the latter meaning gives way to shaking hands and smiling and their correspondent content-weak translation. For poetry, a proportion affiliates to the former, hence what the poet says is foregrounded in decoding, inferring and translating. Sure enough, the other proportion should fall roughly in the category of the latter, and therefore the above "what" matters matter not as much as how the poet says it, hence effect—poetic prosody or effect (iveness) of poetry. A narrative ballad, like *The Man from Snowy River* by Andrew Barton Paterson, an Australian poet, has more of the former than of the latter, and the opposite case is a love lyric, like *How Do I Love Thee?* by Elizabeth Barrett Browning, an English poetess.

3. Case Studies of My Poetry Translated

3.1 "Ten Cautions for Rose" vs "萝丝十留心"

To make consequent analysis easier, let me digitalise the lines of the following poems and their translation, and to save space in discussions, I use "/" for line-division. In each case, I begin with a laconic introduction to the poem per se, followed by what I deem as the difficult (punch-) points for translation so that the task is to determine what is and what is not translated, and why (not) in each case. All the comments follow the guideline of the Pragma-Translatological Approach, highlighting pragmatic markedness value (PMV) and relevant/pragmatic adaptation.

[1] A household wizard thou art I know well,
[2] But these ten cautions in mind for ever bear:
[3] Water matters but too much makes life a hell.
[4] In online chatter water ran everywhere.
[5] Sure power is power. Turn off each light—
[6] It can devour lives and wine made by you.
[7] Of greater harm is a high fire at night,
[8] With His fine blesses one'd come to rescue.
[9] Then poison comes from old food, doctors said.
[10] Knives cut. Keys open. Keys left in the door,
[11] Enrich the thieves. Don't slip or fall or tread
[12] Our dogs. Please promise they will bite no more.
[13] *La vie en rose*, on herbage, don't forget, pray,
[14] Three pills a day keep Mrs Death away.

This ST is a sonnet I wrote for Rose, my wife, as an eternal reminder of safety in January of 2017, before I left my Chongqing home for

Quanzhou of Fujian, where I teach linguistics. Because of greatest carelessness, several times she almost lit up or flooded the house, and more than ten times she let our dogs sink their teeth into human flesh and let me pay. It can be seen that the poem is a Shakespearean sonnet, with a canonical Shakespearean rhyming scheme (ABAB CDCD EFEF GG).

The "Ten Cautions", as the words indicate, include ten facets of household securities, concerning use or misuse of water, power, fire, (food) poisoning, knives, keys, falling or dropping (of things), trampling (on dogs), medicine, and dogs (biting people). Then Yang Jiawei as novice translator who used to learn translation with me eight years ago translated it into Chinese for publication, like this:

[1] 勤俭持家一把手，萝丝挥舞魔法棒；
[2] 温馨浪漫房变家，十个留心驻心房。
[3] 水能载舟亦覆舟，莫把河流引到家；
[4] 网络聊天不可痴，水漫小家舟可荡。
[5] 电力无穷须谨慎，人走灯关不伤身；
[6] 若是电魔任意行，不保美酒与佳人。
[7] 夜幕降临防明火，惹火烧身谁能救？
[8] 菩萨保佑祈平安，消防大哥水来喷。
[9] 病从口入医生说，残羹冷炙少为妙；
[10] 刀具钥匙勤收拾，门外钥匙助贼盗。
[11] 优雅从容勿慌忙，滑倒跌倒痛难消。
[12] 爱犬切记勤管教，莫将路人再次咬。
[13] 萝丝萝丝请谨记，良药苦口菩萨佑；
[14] 一天三片需牢记，死神不来将门叩。

The Chinese version (TT) is a 28-line seven-character rhyme, as readable if not singable as ST. Its rhyming words are 1) "棒", "房", and "荡"; 2) "身", "人", and "喷"; 3) "妙", "盗", "消", "教",

and "咬"; 4) "佑" and "叩". In addition to the most noticeable and expected positions for rhyming, we can also spot elsewhere rhymes like 5) "手", "舟", and "救" rhyming to each other and to words of 4); 6) "痴", "拾", "记" and "记" (repetition rhyme).

On the average, Yang renders each line (8-10 syllables) into two seven-character lines, or one fourteen-character line. This is not to be found faults with, *if* he does justice to the semanticity of ST, for example the "Ten Cautions for Rose". It is understandable to turn a sonnet into a non-sonnet poem of rhymes characteristic of traditional Chinese rhymes (e. g., Li Bai or other Tang Dynasty poets).

Metaphorical uses of language abound in ST, like

(1) "A household wizard" — "勤俭持家一把手" "萝丝挥舞魔法棒". In the amplification we can find the overstatement of "一把手" (*yibashou*, number one) and the metaphor of "魔法棒" (*mofa bang*, magic stick/club).

(2) "in mind for ever bear" — "驻心房". The overstatement of "for ever" gives way to the metaphor of "心房" (*xinfang*, atrium, heart house).

(3) "too much makes life a hell" — "莫把河流引到家". Yang puts the metaphor of "a hell" into another metaphor, "河流" (*heliu*, river/stream)

(4) "It can devour lives" — "若是电魔任意行，不保……". The verbal metaphor of "devour lives" is turned into a nominal one of "电魔" (*dian mo*, electric demon).

More significantly Yang resorts to amplification as a translation approach, when he ferments a sonnet twice long, so to speak. e. g.,

(5) "A household wizard" — "勤俭持家一把手" "萝丝挥舞魔法棒". Yang makes up "勤俭持家" (*qinjian chijia*, manage household industriously) and "萝丝挥舞魔法棒" (*luosi huiwu mofa bang*, Rose is brandishing her magic club).

(6) …— “温馨浪漫房变家”. This is amplification for something that seems hidden on it, before “But these ten cautions in mind for ever bear”.

(7) “Water matters” — “水能载舟亦覆舟” (two metaphors). Yang adds “亦覆舟” (*yi fu zhou*, also turn over a boat).

(8) “Turn off each light” — “人走灯关不伤身”. He adds “不伤身” (*bu shang shen*, not hurt body)

(9) “they will bite no more” — “莫将路人再次咬”. He creates “将路人” (*jiang luren*, to… a pedestrian)

Yang noticeably employs what can be called “reverse analogical interpretation”, which means, to represent a cultural concept of SL that does not exactly exist in TL, a translator can sometimes substitute it by a cultural concept that may sound similar in some aspects and dissimilar in others, e. g.,

(10) “His” — “菩萨”. For “His/God's” in “With His fine blesses”, Yang uses “菩萨” (*pusa*, Bodhisattva). As a result, “With His fine blesses” becomes “菩萨保佑” (the last two characters being *baoyou*, meaning “bless (me) ”). He justifiably replaces a Christianity term with a Buddhism term, if the former is so indeed, because he assumes that most religious people in China are more likely to be Buddhists (which he thinks I am).

Where there is no metaphor (be it literal or loose use), Yang can create one where possible, e. g.,

(11) “water ran everywhere” — “水漫小家舟可荡”. The overstatement in the ST finds expression in the overstated metaphor or metaphorical overstatement of “水漫金山”, an allusion to a Zhejiang mythology about the White and Green Snakes, plus “舟可荡” (*zhou ke dang*, boat can be rowed), an overstatement.

Despite the translator's seemingly expansion of the discoursal volume, omission as a means of translation is witnessed, e. g.,

(12) "Don't slip or fall or tread /Our dogs." — "滑倒跌倒痛难消". The meaning is almost represented while missing "Our dogs".

To find faults with Yang, however, a couple of cases may be accusable of moderate distortion, or "gentle violence" of translation (Sun, 2011: 160-173).

(13) "Sure power is power" — "电力无穷须谨慎". The tautology of the ST is nowhere to be found though the meaning is well preserved.

(14) "a high fire at night" — "夜幕降临防明火". The transferred epithet of "a high fire" (fire in a high building) sees no rendering in its preservation of semanticity.

(15) "Knives cut. Keys open." — "刀具钥匙勤收拾". The two personifications are missing in the translation in the rendering of meaning.

(16) "*La vie en rose*, on herbage" — "良药苦口菩萨佑". In ST I quote the title and keywords of a French song playing on my wife's English name "Rose", also suggesting in passing her dog-accompanied life is going to be a bed of roses. However, I should remind her of taking Chinese medicine at least once a day to bring her blood pressure down a bit. And this line is by no means spiritual, irrelevant to a religion. Given this account, there occurs a dose of misunderstanding or misrepresentation here. Considering his repetition of the summoned name "萝丝" and the pun of the "良药" (*liang yao*, good medicine or advice) —mildly and ambiguously leading to the aforementioned Chinese medicine, the misrendering enjoys some tolerance.

(17) "Three pills a day keep Mrs Death away." — "一天三片需牢记，死神不来将门叩". Mine is a parody of "An apple a day keeps the doctor away" (a western medicinal proverb). Due to the difficulty, Yang ignores the trope.

3.2　"The Lady with a Dog" vs "遛狗女士"

[1] Who do you think you are to dare to go

[2] Walk the monster by a string round white hair?
[3] Thirteen kilos led by thirteen kilos, O!
[4] Docile by you in th' grass, he makes all stare.
[5] A girl of less than two, about th' threshold
[6] Of babbling infancy whilst, about thirteen,
[7] A canine grandpa your little fingers hold
[8] Wide-eye starers all share that question
[9] From youth to age, by wits close to men
[10] He fought dogs and cats repeatedly with grace,
[11] And sent sharp incisors into nine or ten
[12] Weak women, making his master lose face
[13] And currency, enough to raise ten more.
[14] Hence girl, be cautious, he can be a bore.

The Lady with a Dog is a sonnet I wrote last February a school term ago when my granddaughter Becky or DiaoYuehan, 18 months old, stumbling in age and walk, liked extremely as a hobby to walk our more-than-ten-year-old dogs, George and Bisop, with our company of course. As she walked George by a short rope, dragged and pulled by him, my wife and I wondered who was walking whom, and in the meantime we were anxious lest she was bitten by him, often red-handed by his flesh-holic teeth.

What is most interesting about the poem, at least as I observe it, is the age gap between the walker and the walkee (s)—the youngest for her (womankind) ladyship in contrast to the oldest for his/their canine identity. Thirteen kilos in weight, on both sides. Then why should the oldest, who used to bite about ten people, be walked by the youngest? All this, if discovered and uncovered between the lines of ST, is not untranslatable, the Shakespearean (sonnet) with its formal and prosodic features do not make a huge challenge to our translator Yang Jiawei, who does it thus:

[1] 遛狗女士胆包天，
[2] 白毛怪兽手中牵。

[3] 十三公斤庞然物，
[4] 温顺如羊众人羡。
[5] 女孩咿呀约两岁，
[6] 白毛野兽与其会。
[7] 指尖拎绳若无力，
[8] 众人皆问心生畏。
[9] 斗猫斗狗显风采，
[10] 只差半点人比肩。
[11] 锋利门牙伤九十，
[12] 主人掩面又无颜。
[13] 赔钱无数兽生祸，
[14] 祸水难收谁之过？

Noticeably Yang translates the sonnet into a fourteen-line seven-character rhyme, with the rhyme scheme of "AABA CCDC EADA GG" (天，牵，物，羡，岁，会，力，畏，采，肩，十，颜，祸，过), very close to that of the ST: "ABAB CDCD EFEF GG" (*go*, *hair*, *O*, *stare*, *threshold*, *thirteen*, *hold*, *question*, *men*, *grace*, *ten*, *face*, *more*, *bore*).

Difficulty for a translator, as ever, lies in identifying equally metaphorical expressions in TL/TT. For instance, I call the white dog George "the monster" (L. 2), for a hyperbole metaphor, and there is a metaphor and a transferred epithet in "about th' threshold / Of babbling infancy" etc., all worthy of attentive pondering ere translating. Consider:

(18) "the monster" —（白毛） "怪兽". Yang, by reordering, names the male white dog "（白毛）怪兽" ((*bai mao*) *guai shou*, white-haired monster). Four lines later, Yang renamed it "白毛野兽" (similar to the former) for a co-reference effect.

(19) "about th' threshold / Of babbling infancy" — "（女孩）咿呀约两岁". Yang drops the metaphor while keeping the onomatopoeia ("babbling" vs "咿呀" (*yiya*)).

(20) "A canine grandpa" — "白毛野兽". Yang does not explicate

the "（canine）grandpa" image but implicates it by "白发"）（cf. "白毛"（*bai mao*, white-haired all over the body））—the former often implying the grey and venerable（as far as our species is concerned）.

（21）"making his master lose face / And currency, enough to raise ten more" — "主人掩面又无颜。/赔钱无数兽生祸". The syllepsis of "lose face / And currency" is substituted by homophony of "掩面"（*yan mian*, cover face）and half-said "无颜（面）"（*wu yan*（*mian*）, have no face/dignity）. My "enough to raise ten more" suggests immeasurable indemnity, a colossal loss to our domestic finance, hence an overstatement. Yang's "赔钱无数"（*peiqian wushu*, pay a good deal for indemnity）approaches this meaning and effect, though hiding the numerical effect（cf. "to raise ten more（dogs）"）.

In Yang's translation we do find, as seen above, liberal pragmatic adaptation, but in terms of pragmatic markedness value, there may occur inequality of PMV, or PMV under-translation, e. g.,

（22）"Hence girl, be cautious, he can be a bore" — "祸水难收谁之过?". My direct warning for my granddaughter is bumped and shoved in Yang's version into what can be regarded as an indirect hint of more troubles to be made by the notorious trouble-maker.

（23）"Wide-eye starers all share that question" — "众人皆问心生畏". My coinage *starers*, for its lexical untranslatability perhaps, is dropped in Yang's rendering, while preserving the sentential meaning.

（24）"And sent sharp incisors into nine or ten / Weak women" — "锋利门牙伤九十". My euphemism of "sent sharp incisors into..." for biting is unrendered, and so is the gender indicator of *women*（implying that George fears men and bullies women, esp. weak ones）. Yang's omission can probably be accounted for by the necessity of brevity, otherwise words may overflow the layout of the sonnet.

4. Further Discussion

Communication by poetry, i. e., reading and translating poetry, is one of the most complicated types of communication. It means interplay of the writer's and the interpreter's "individual traits", and interplay of their "individual traits" with "social traits" of the writer's (source) ground and the interpreter's (target) ground. Overlapping or mutual intelligibility makes possible effective apprehension and translation. This, as I assume, largely agrees with what is called "the socio-cognitive approach" of Kecskes (2014: 47) or of Jiang (2017: 448), which I think is also a pragma-cognitive and socio-pragmatic approach to communication.

Scrutinised more pragmatically—pragma-cognitively or socio-pragmatically, there is a lot of common ground between writer and interpreter, facilitating translation, because of the universality of cognition (of entities of the real world and daily living). Then on the other hand, differences are spotted in nearly all areas due to cultural differences: some living modes are culture-specific, and consequently some ideas or words and phrases for that matter are intrinsically culturally encoded, culturally conceptualised, culturally schematised, and ultimately in prosaic or poetic expressions culturally constructionalised (see Sharifian, 2011, 2017).

If, for example, the lion is considered king of beasts/forests in Africa and much of Europe, the tiger takes that position in China and elsewhere of Asia. Then English phrases like "the lion's share" and sentences like "I used to say that I would not go to America until I was a real lion a real celebrity at that time of course I did not really think I was going to be one" (by Gertrude Stein, an American novelist and poet)① make as much sense to Anglophones, as phrases like "小虎" (*xiao hu*, tiger cub), "不入虎穴，焉得虎子" (*bu ru hu xue*, *yan de hu zi*, If you do not enter a tiger's cave, you cannot get his son; Nothing ventured, nothing gained) etc. to the Chinese ear. The *lion* can be a true lion, or a brave man, a celebrated person, a top man, and it can even be the UK's national emblem.

---

① In her book *Everybody's Autobiography*, a continuation of her earlier memoirs.

Tiger in English, in contrast, refers to the animal bearing that name as found in India, and occasionally metaphorically to a person that is energetic, fierce or formidable①. *A Comprehensive Dictionary of English Idioms and Phrases* (the 1985 ed.) includes thirteen *lion* phrases/idioms (cf. only three *tiger* phrases, including *paper tiger* borrowed from Chinese). In Chinese, the word "虎" (*hu*), apart from its primary meaning, often suggests a metaphor, meaning braveness, vigour, valour (positive connotation) plus looking ferocious (negative connotation). *A Chinese-English Dictionary* (the 2010 ed.) lists thirty-nine "虎" phrases, mostly hard to put into English. The same dictionary includes only eight "狮" (*shi*, lion) phrases, though mostly metaphorical. Based on this observation, the English *lion* and *tiger* are vastly different from each other, and from their respective Chinese counterpart (by no means equivalent, as far as translation is concerned). In other words, *lion* is not a *tiger*, and the English *lion* and *tiger* are not equal to the Chinese "狮/虎".

This said, translation of such words in literature lends itself to a translator's headache-evoking translation meditation, to the delight of the untranslatability school. Owing to the division between literal and loose use of vocabulary and constructions, a translator should decide on the meaning of a word's literality or looseness use before translating likewise. She/He cannot afford to pretend that all words in one language are neatly equivalently translated in dictionaries which are always at hand to help. Instead she/he has to read into the recesses of the author per se and his/her literature's ups and downs, ins and outs, guided by a context-searching, relevance-geared, SL-meaning discovery, before his/her pragmatic neo-context-matching adaptation in TL translation. As far as the above-mentioned "traits" are concerned, the translator is supposed to dig for the two types of traits of the writer's underlying the poetry lines and match his/her

---

① *DK Oxford Illustrated Dictionary* (the 2007 ed.).

own traits, if possible. When the gap is wide, she/he will see a cultural lacuna, resulting in a lexical or phrasal lacuna, making a "hurdle" for the flow of natural translation. On this score, more efforts are to be invested for the "striding over" in translation, a pragmatic adaptation. And she/he should not be too easy to please; when a fair translation comes up, it is always necessary to run after a better if not the best version which, according to pragma-translatology, should approach a pragmatic markedness equivalence (PMV similar to that of ST).

In our discussion (§3) of the three poems per se in comparison to translation by Yang or me, it is found that they are uneasy to translate and the translators, based on what I as ST author believe to be a good and flawless understanding①, tried a number of pragmatic adaptations.

With Poem 1, the ST is a sonnet, with fourteen lines, with rhymes of course. There are four typical metaphorical uses: "A household wizard" (L. 1), "in mind for ever bear" (L. 2), "too much makes life a hell" (L. 3), "It can devour lives" (L. 6) —all well translated by pragmatic adaptation, and there are seven other loose uses, less metaphorical: "water ran everywhere" (L. 4), "Sure power is power" (L. 5), "a high fire at night" (L. 8), "With His fine blesses" (L. 8), "Knives cut. Keys open." (L. 10), "*La vie en rose*, on herbage" (L. 13), "Three pills a day keep Mrs Death away" (L. 14) —mostly translated by amplification or omission. Then if ST has eleven loose-use examples, then TT, disregarding omission, has ten loose (including metaphorical) uses: "一把手", "魔法棒", "心房", "河流", "电魔", "载舟亦覆舟", "电力无穷", "菩萨" "良药苦口" —hence equivalent in PMV (rhetorical markedness value here). The translator's special pragmatic adaptation is demonstrated by producing a new metaphor that is readily acceptable in the target

① Yang discussed things with me on the phone or in e-mail about indeterminacy.

culture, as shown by turning "too much makes life a hell" (L. 3) into "莫把河流引到家", and by his treatment of the Christianity-like deixis in "With His fine blesses" (L. 8) as if he as well as the poet cognises and recognises the same Buddhist image. Bad translation, however, occurs with his omission with "*La vie en rose*, on herbage" (L. 13), and "Three pills a day keep Mrs Death away." (L. 14). On the whole, the translator sets up a good husband's image leaving his wife a bundle of advice.

With Poem 2, the ST, also a (fourteen-line) sonnet (with the Shakespearean rhyme scheme), is rendered into a stereotypical (seven-character) Chinese rhyme of equal length. There are nine loose uses: "the monster" (L. 2), "about th' threshold / Of babbling infancy" (L. 5-L. 6), "A canine grandpa" (L. 7), "making his master lose face / And currency, enough to raise ten more" (L. 12-L. 13), "Wide-eye starers all share that question" (L. 8), and "And sent sharp incisors into nine or ten / Weak women" (L. 11-L. 12). Yang makes good pragmatic adaptation in all cases except the last two, where is seen an apparent PMV loss/inequality. On the whole the translation restores the age gap between the kid (walker) and the dogs (walkees) and the tension of the youngest human mastering and managing the oldest (and the most ferocious) dog (s).

Poem 3, to match e. e. cummings' style, sounds modern and well-nigh rhymeless, with sixteen unequal lines, using cultural allusions, is a blue dedication to the late poet. This elegiac effect finds satisfactory restructuring in the translation, partly due to the author-translator identicality. ST is not rich in looseness or metaphoricality as in "guillotine our language" (L. 14), but pragmatic adaptations, where needed, call for trying processing efforts to save PMV (equivalence). For instance, with "the four revolutions of Mao and Sun" (L. 3), to say the names or not is a question. With "an *e*-era, with *e*-men, all of them, / in *e*-economy, more *e* than cummings'?" (L. 9-L. 10), the letter *e* means extraordinary efforts for excellence. The translator's *e*-solution lies partly in the zero translation and partly in picking up a brand-new image of "卡" (*ka*, card), in reminiscences of e. e. cummings whose surname commences with that sound/character in Chinese. Imagine translating Charles Dickens' *David Copperfield* (XXII) where we can run into "I love my love with an E...", and it must be just as challenging, if not more so①. Furthermore, where we do not find any trouble, the translator "makes trouble" for a good or even better effect, as seen in the case of using "君" (*jun*) rather than "你/您" for singular second-person reference. We agree with Xu (2001) when he advances his "Advantage Theory" and "Rivalry Theory", whose gist runs like this: a translator at times can or should cash in on the linguistic and cultural "advantages" in translation and compete like a "rival" for better effects, rather than passively looking for the sameness hither and thither.

As the "O-Ring Principle" (of astronomy and science) indicates, a slip with any part of the overall textual translation may engender breakdown of the whole business. Also as the "Never-Get-Enough Principle" (of economy and life) suggests, no discourse translation is perfect enough to be error-free or error-proof; there seems invariably space for improvement somewhere. No translation theory (including ours) can guarantee perfectness of translation given all the complexities of factors and facets involved in poetry and its translation.

5. Conclusion

By presentation of my three poems with translations, I partly illustrate

---

① "I love my love with an E, because she's enticing; I hate her with an E, because she's engaged. I took her to the sign of the exquisite, and treated her with an elopement, her name's Emily, and she lives in the east?" Dickens the novelist wrote "love" or "hate" for the woman with "an E", because he used a series of adjectives beginning with the letter *e*, like *enticing*, *engaged*, *exquisite*, *elopement*, *Emily* and *east*. For a comparison and discussion of awkward and better translations, see Ma (2000: 75-77).

that if composition of English poetry is not impossible for a non-Anglophone, effective translation of (my English) poetry lies within a competent translator's reach when armed with some pragmatic adaptations, for which I introduce the Pragma-Translatological Approach, or simply Pragama-Translatology as a new discipline, centering around PMV (pragmatic markedness value) equivalency and pragmatic, relevant adaptation. While semanticity is fully respected in "semantic translation" of Newmark (2001), given interpretation of "strong communication" of Webber (2005) whence ST is thus regarded, the translator should strive for equivalence of effect (iveness) in cases of "weak communication" (of Webber), hence "communicative translation" (of Newmark). And this equivalence does not arrive easily. It drops by, by the translator's working knowledge of the two languages, the two cultures, ST poetry, the subtle divide between weak and strong communication, the tension between literality and looseness of expression, the choice of rendering skills, the option for effect (iveness) or/over semanticity, etc. Poetry translation is certainly as demanding as it is interesting, and pragmatic adaptation is always a matter of looking for content fullness and exactitude or contextual and rhetorical effect (iveness) on the one hand and on the other is more or less a matter of "gentle violence" in translation, well-meant, and meaning well.

References

Gutt, E.-A. *Translation and Relevance: Cognition and Context* [M]. Manchester: St. Jerome Publishing, 1991/2000.

Hou, Guojin. *Pragmatic Markedness and Pragmatics* [M]. Chengdu: Sichuan University Press, 2005a.

Hou, Guojin. *Pragmatic Markedness Equivalence Principle: A New Approach to Translation Assessment* [M]. Chengdu: Sichuan University Press, 2005b.

Hou, Guojin. Equivalence value of pragmatic markedness in translation [J]. *Chinese Translators Journal*, 2005c (5): 30-34.

Hou, Guoijin. Introduction to pragmatic markedness equivalence principle [J]. *Shandong Foreign Language Teaching Journal*, 2005d (1): 17-20.

Hou, Guoijin. Hypothesis of pragmatic markedness and hypothesis of pragmatic markedness equivalence hypothesis [J]. *Foreign Language Research*, 2005e (2): 15-23.

Hou, Guojin. *Dominant Pragmatic Issues and the Way to Pragmatranslatology* [M]. Chengdu: Sichuan University Press, 2008.

Hou, Guojin. Translation of Metonymy: Conceptual, Grammatical and Pragmatic Metonymy [J]. *Translating China*, 2017, 3 (3): 33-55.

Hou, Guojin. *Pragma-Translatology: Studies of Metaphorical Talk* [M]. forthcoming.

Hou, Guojin. *Hou's Poetic Gathering* [M]. Beijing: National Defense Industry Press, 2014.

Jiang, Wangqi. A socio-cognitive approach to pragmatic inference [J]. *Intercultural Pragmatics*, 2017, 14 (3): 421-451.

Kecskes, Istvan. *Intercultural Pragmatics* [M]. Oxford: OUP, 2014.

Lü, Jun. The linguistic foundation for construction of translatology [J]. *Foreign Language Research*, 2004 (1): 96-101.

Lü, Jun. What is constructivist translatology? [J]. *Foreign Languages and Their Teaching*, 2005 (12): 35-39.

Ma, Hongjun. *Miscellanea in Translation Criticis*m [M]. Beijing: China Translation& Publishing Corporation, 2000.

Munday, Jeremy. *Introducing Translation Studies: Theories and Applications* [M]. (4th ed.). NY: Routledge, 2016.

Newmark, Peter. *Approaches to Translation* [M]. Shanghai: Shanghai Foreign Education Press, 2001.

Nida, Eugen A. Approaches to translating in the western world [J]. *For-*

eign Language Teaching and Research, 1984 (2): 9-15.

Nida, Eugene A. *Language, Culture and Translating* [M]. Shanghai: Shanghai Foreign Education Press, 1999.

Pym, Anthony. Natural and directional equivalence in theories of translation [J]. *Target*, 2007, 19 (2): 271-294.

Sharifian, Farzad. *Cultural Conceptualisations and Language: Theoretical Framework and Applications* [M]. Amsterdam: John Benjamins, 2011.

Sharifian, Farzad. *Cultural Linguistics: Cultural Conceptualisations and Language* [M]. Amsterdam: John Benjamins, 2017.

Sun, Yifeng. Violence and translation discourse [J]. *Journal of Multicultural Discourses*, 2011 (2): 159-175.

Webber, David J. A tale of two translation theories [J]. *Journal of Translation*, 2005, 1 (2): 35-74.

Xu, Yuanchong. On theories of rivalry and advantage [J]. *Chinese Translators Journal*, 2001 (1): 51-52.

Zhao, Yanchun. How relevance theory interprets translation [J]. *Modern Foreign Languages*, 1999 (3): 276-295.

Zhao, Yanchun. Relevance theory and the nature of translation [J]. *Journal of Sichuan International Studies*, 2003 (3): 117-121.

Zhao, Yanchun. *A Reductionist Approach to Translatology* [M]. Shanghai: Shanghai Foreign Education Press, 2005.

附录 2　侯国金其人其文

1）近焦特写

生辰八字：1963 年 2 月 15 日出生于湖北省黄石市大冶县。中专毕业后自学英语。1992 年硕士毕业(湖北大学外国语学院)，2004 年博士毕业(上海外国语大学)。任世界汉语修辞学会秘书长，中国逻辑学会语用学分会常务理事，中国语言教育研究会理事。2004—2006 年在复旦大学中文系博士后流动站从事博士后研究。现任华侨大学“特聘教授”(三级)。兼任“华侨大学岗位聘用委员会”委员，华侨大学“语用修辞研究创新团队”项目(600005-Z17X0191)负责人，华侨大学外国语学院“外国语言学与应用语言学研究所”所长，“翻译研究中心”研究员，外国语学院学术委员会委员。

荣辱兴衰：先后获得湖北省“教书育人奖”，省级社科三等奖(2 次)，二等奖(1 次)。被评为“重庆市中青年骨干教师”“重庆市名师”“泉州市高级人才”(第四层次)。

授业讲堂：长期教授“理论语言学”(市级优质研究生课程)、“语用翻译学”(自设选修)和“语用学”(校级优质研究生课程)，以及“语言学概论”“英汉互译”“英语演讲与辩论”“英语读赏译”等本科课程。其语言学平台“楚国金言的博客”人气火旺。

民间兼职：浙江越秀外国语学院、长江师范学院等校兼职教授。*Translating China* 编委。《语用学研究》某期执行主编(2017)。*East Asian Pragmatics*、*Studies in English Teaching*、《外语与外语教学》《解放军外国语学院学报》《北京航空航天大学学报》《现代外语》等杂志审稿人，长期担任省级职称评审专家以及教育部和国家社科课题通讯评审专家。“鹭江讲坛”报告人。

人海寻侯：**邮箱**：nationelf@ 126. com；houguojin@ hqu. edu. cn；

手机：15959959804；**微信**：houguojinhqucn。**地址**：福建省泉州市丰泽区城华北路269号，华侨大学外国语学院。“楚国金言的**博客**”：http://blog.sina.com.cn/alfredhou（网上输入“楚国金言”）。

研路脚印：语言学、语用学（及其界面研究：语用翻译学、语用修辞学、认知语用学），出版专著7部，其他图书18部，发表论文120余篇，其中包括55篇CSSCI刊物论文（含扩展版和2类A以上刊物），1篇SSCI刊物论文，另有诗文百篇。主持国家社科项目2项：“语用翻译学：寓意言谈翻译研究”（12BYY017），“构式语法的语用修辞学研究”（18BYY216）；教育部项目2项：“词汇—构式语用学：语用翻译学的第一座桥”（12XJA740008）和“语用标记价值论”（05JA740023）。

转载被引：根据“维普资讯”，截至2017年9月4日，侯国金为“高被引作者”，在“语言文字”领域“被引”排名列135位（发文量81，被引量345，篇均被引值为6）。

2）“金”笔涂鸦（逆时序，粗体为代表作）

（1）**Garden-Path Phenomena from the Perspective of Lexico-Constructional Pragmatics**，Language Sciences，2017（59）：46-68（第一作者，SSCI，华大1类A）。

（2）**语用制约/压制假说**，《外语教学与研究》，2015（3）：345-54（CSSCI，1类A），“中国社会科学网”全文转载，2016-8-29（华大“其他类”）。

（3）**语用含糊的标记等级和元语用意识**，《外国语》，2005（1）：41-47（CSSCI，华大1类B）。

（4）**语用标记等效值**，《中国翻译》，2005（5）：30-34（CSSCI，华大2类A）。

（5）The Cognitive Perspective of Yulin Yuan on Modern Chinese Grammar，*International Journal of Social Science Study*，2018，Vol. 6（2）：108-112（第二作者，国际一般刊物，华大“其他类”）。

（6）Sizing up the Antistrophos View of Pragmatics-Rhetoric Relationship，*Studies in English Language Teaching*，2017 5（4）：641-656（一般国际刊物，华大“其他类”）。

（7）Translation of Metonymy：Conceptual，Grammatical and Pragmatic Metonymy *Translating China*，2017（3）：33-55（一般国际刊物，华大“其他类”）。

（8）Conceptual Domains of KAU Revisited，*Open Journal of Modern Linguistics*，2016（6）：1-12（第二作者，一般国际刊物，华大“其他类”）。

（9）拓展医患交际研究 构建和谐医患关系，《中国社会科学报》，2018-3-13（第二作者，华大 2 类 A）。

（10）话题歧义句的词汇—构式语用学阐释，《浙江外国语学院学报》，2018（1）：25-33，39（第二作者，华大“其他类”）。

（11）中国学术走出去——英语论文提要的作者身份建构，《中国社会科学报》，2018-2-6（第二作者，华大 2 类 A）。

（12）翻译研究的语言派和文化派之间的调停，《华侨大学学报》（哲社版），2018（1）：131-142（CSSCI 扩展版，华大 2 类 B）。

（13）也说他一说：“他”的虚化和“他”构式的语用化，《新疆大学学报》（哲社版），2018 年第 6 期（第二作者，CSSCI，华大 2 类 B）。

（14）再论翻译中的重命名——答曹明伦先生，《解放军外国语学院学报》，2018（3）（第一作者，华大 3 类 A）。

（15）《盘龙》外译走红海外及对中国传统文学外译的启示，《燕山大学学报》，2018（2）（哲社版，第二作者，一般刊物，华大“其他类”）。

（16）两大名著中“半 A 半 B”构式的语用翻译分析，《广东外语外贸大学学报》2018（2）（第二作者，华大 3 类 B）。

（17）英语中缀三分法：词汇构式语用学路径，《外语学刊》，2018 年某期（第二作者，CSSCI 扩展版，华大 2 类 B）。

（18）真红还是假红：“red/红”的原意和随意用法及其互译，

《语用学研究》，第七辑，2017：115-131（一般刊物，华大“其他类”）。

（19）失礼研究渐成热点，《中国社会科学报》，2017-7-18（第二作者，华大 2 类 A）。

（20）“不可推导性”作为标准的虚妄：兼评“修辞构式观”，《外语教学》，2017（2）：33-38（第一作者，CSSCI，2 类 B），《高等学校文科学术文摘》转载，2017（3）：202（华大 1 类 B）。

（21）也评“Translating China”和“翻译中国”，《翻译论坛》，2017（3）（一般刊物，华大“其他类”）。

（22）《语用学界面研究》（上、下），北京：中国出版集团，2016。

（23）从生态立场规范网络方言，《中国社会科学报》，2016-9-27（第二作者，华大 2 类 A），《海外华文教育动态》全文转载，2017（3）：26-27（一般刊物，华大“其他类”）。

（24）评“语法构式、修辞构式”二分法，《华侨大学学报》（哲社版），2016（1）：119-28（一般刊物，华大 2 类 B），《高等学校文科学术文摘》转载，2017（3）：202（华大 1 类 B）。

（25）作品名翻译的“关联省力语效原则”——以 Helen Chasin 的诗歌“The Word Plum”为例，《解放军外国语学院学报》，2016（2）：106-114（CSSCI 扩展版，华大 3 类 A）。

（26）季羡林翻译实践偏向“语言派”，《中国社会科学报》，2016-4-26（华大 2 类 A）。

（27）辞格花径和花径辞格，《中国外语》，2016（1）：48-55（CSSCI，华大 2 类 A）。

（28）《词汇—构式语用学》，北京：国防工业出版社，2015。

（29）词汇学和构式语法的语用性及其三个学科过渡，《外语研究》，2015（5）：17-21（CSSCI 扩展版，华大 3 类 A），《中国社会科学网》全文转载，2016-2-5（华大“其他类”）。

（30）涉身调变致使动词构式的词汇——构式语用学分析，《外语学刊》，2015（6）：45-49（第二作者，CSSCI，华大 2 类 B）。

（31）仿拟广告的语用修辞学解读和“仿拟译观”，《当代修辞学》，2015（1）：70-77（第二作者，CSSCI，华大 3 类 A）。

（32）构式语法的内外互补，《外语教学》，2015（2）：8-12（CSSCI，2 类 B），“中国社会科学网”全文转载，2016 年 6 月 1 日（华大“其他类”）。

（33）语用翻译观助中国文化走出去，《中国社会科学报》，2015-3-23（华大 2 类 A）。

（34）“你美就仿你”：仿拟的“同省异效关模式”，《黔南民族师范学院学报》，2015（5）：40-48（一般刊物，华大“其他类”）。

（35）现代翻译应反映多样交际要求，《中国社会科学报》，2015-8-4（华大 2 类 A）。

（36）归化与异化是互补的翻译方法，《中国社会科学报》，2015-11-17（华大 2 类 A）。

（37）《侯国金诗萃》，北京：国防工业出版社，2014。

（38）《语用学精要：语用能力对阵语用失误》，北京：中国出版集团，2014。

（39）名转动：丰富表达手段　张扬语言个性，《中国社会科学报》，2014-5-12（第二作者，华大 2 类 A）。

（40）语用能力及其发展方案，《浙江外国语学院学报》，2014（2）：24-31（一般刊物，华大“其他类”）。

（41）构式语法的现状和前景，戴耀晶主编，《语言研究集刊》（第 13 辑），上海：上海辞书出版社，2014：44-58（华大“其他类”）。

（42）构式语法到底优在何处？《山东外语教学》，2014（3）：33-39（核心刊物，华大 3 类 B）。

（43）词汇语用学的七属性和七原则，*Modern Linguistics*，2014（4）：232-243（一般国际刊物，华大“其他类”）。

（44）词汇语用学的 RT 情结及其中国研究现状，王扬、刘晓林、侯国金主编，《语用学理论与应用研究》，北京：外语教学与研究出版社，2013：1-33（华大“其他类”）。

（45）TS 等效翻译的语用变通，《外国语言文学》，2013（1）：28-37（一般刊物，3 类 B）。复印资料《语言文字学》全文转载，2013（8）：109-118（CSSCI，华大 2 类 A），“中国社会科学网”全文转载，2013-11-7（华大“其他类”）。

（46）浅论玄奘“秘密故”不翻之翻，《外国语言文学》，2014（2）：108-118，143（一般刊物，华大 3 类 B）。

（47）语义学和语用学，得一可安意义之天下？——小议互补主义和语用学的跨学科潮流，《外语学刊》，2013（2）：24-35（CSSCI，华大 2 类 B），《高等学校文科学术文摘》转载，2013（4）：102-03（CSSCI，1 类 B）。

（48）语法隐喻是不是隐喻？《语用学研究》，2013（5）：26-39（一般刊物，华大“其他类”）。

（49）隐喻的本体论语用观，《中国外语》，2013（3）：53-58（CSSCI，华大 2 类 A）。

（50）对构式语法八大弱点的诟病，《外语研究》，2013（3）：1-12（CSSCI 扩展版，华大 3 类 A）。

（51）话语真伪语用观：从句式和语力到寓意言谈，《解放军外国语学院学报》，2013（3）：1-5，11（CSSCI，华大 3 类 A）。

（52）佛经翻译之“相”说，《东方翻译》，2013（5）：30-35（一般刊物，华大“其他类”）。

（53）从格赖斯循环到显含义之争——语义—语用分水岭问题，《外国语文》，2013（5）：80-87（CSSCI 扩展版，华大 3 类 B）。

（54）“的时候”误用的词汇语用批评，《当代外语研究》，2013（10）：13-17（一般刊物，华大 3 类 B）。

（55）“V 他+数量名”构式之语用观，《外语研究》，2012（1）：1-9（CSSCI 扩展版，华大 3 类 A）。

（56）轭配的语用翻译观，《外语与外语教学》，2012（3）：29-32（CSSCI，华大 2 类 B）。

（57）“某 V 某的 N”构式的认知语用研究，《外语教学》，2012（4）：6-12（CSSCI，华大 2 类 B）。

（58）“来”的语用化刍议，《外国语文》，2012（4）：50-57（CSSCI 扩展版，3 类 B）。

（59）语用翻译学何以可能（主持人语），《当代外语研究》，2012（6）：23（一般刊物，华大 3 类 B）。

（60）隐喻集经纬的编织和隐喻的语篇性，《外国语文研究》，2012（2）：1-14（一般刊物，华大“其他类”）。

（61）汤姆诙谐唯英独有？——汉语生成汤姆诙谐之可能，《当代修辞学》，2012（5）：70-80（CSSCI，华大 3 类 A）。

（62）“N1 死了 N2”构式和语用压制观——兼评移位观、话题观和糅合观，《当代外语研究》，2012（11）：11-16，22（一般刊物，华大 3 类 B）。

（63）元语的层级性和标记性，《当代外语研究》，2011（8）：7-13（一般刊物，华大 3 类 B）。

（64）语言学术语翻译的原则和“三从四德”——应姜望琪之“答”，《外国语文》，2011（3）：94-99（CSSCI 扩展版，华大 3 类 B），魏向清、赵连振编，《术语翻译研究导引》转载，南京：南京大学出版社，2012：277-285（华大“其他类”）。

（65）拈连的语用修辞学解读和“拈连译观”，《外语学刊》，2011（6）：109-14（CSSCI，华大 2 类 B）。

（66）语用肯定的焦点和隐性 BE，《外国语文》，2010（3）：49-56（CSSCI 扩展版，华大 3 类 B）。

（67）《语言学百问和硕博指南》，成都：四川大学出版社，2009。

（68）语言学术语翻译的系统—可辨性原则——兼评姜望琪（2005），《上海翻译》，2009（2）：69-73（核心刊物，华大 3 类 B），魏向清、赵连振编，《术语翻译研究导引》转载，南京：南京大学出版社，2012：264-270（华大“其他类”）。

（69）《语用学大是非和语用翻译学之路》，成都：四川大学出版社，2008。

（70）模因宿主的元语用意识和模因变异，《四川外语学院学报》，2008（4）：50-58（CSSCI 扩展版，华大 3 类 B）。

（71）冗余否定的语用条件，《语言教学与研究》，2008（5）：70-77（CSSCI，华大 2 类 A）。

（72）语法化和语用化的认知—语用和语用—翻译考察，《重庆大学学报》（哲社版），2007（5）：117-24（核心刊物，华大 2 类 A）。

（73）“非字词”的语用理据和语用条件，《外语学刊》，2007（1）：87-93（CSSCI，华大 2 类 B）。

（74）从“大哥大”的死到“恐龙”的生——“网络方言”刍议，《燕山大学学报》（哲社版），2007（2）：48-53（一般刊物，华大“其他类”）。

（75）语用象似论，《语言教学与研究》，2007（2）：64-71（CSSCI，华大 2 类 A）。

（76）双关的语用机制和翻译，《四川外语学院学报》，2007（2）：119-124，134（CSSCI 扩展版，华大 3 类 B）。

（77）以问答问的语用机制，《解放军外国语学院学报》，2006（2）：1-5（CSSCI，华大 3 类 A）。

（78）言语合作性的语用标记关联模式——兼评新老格赖斯主义，《外语教学》，2006（3）：6-12（CSSCI，华大 2 类 B）。

（79）象似性原则的准则和象似性的语用性，《外国语言文学》编辑部编，《语用学研究：文化、认知与应用》，福州：福建人民出版社，2006：244-265（“其他类”），王寅主编，《中国语言象似性研究论文精选》转载，长沙：湖南人民出版社，2009：313-332（“其他类”），杨全红主编，《当代外国语文》转载，北京：科学出版社，2012：102-118（华大“其他类”）。

（80）《语用标记价值论的微观探索》，成都：四川大学出版社，2005。

（81）《语用标记等效原则：翻译评估的新方法》，成都：四川大学出版社，2005。

（82）隐喻的语用学解读，《武汉理工大学学报》（哲社版），2005（2）：249-253（第二作者，CSSCI，华大 3 类 B）。

（83）浅论语用标记等效原则，《山东外语教学》，2005（1）：17-20（核心刊物，华大 3 类 B）。

（84）语用标记价值假说与语用标记等效翻译假说，《外语学刊》，2005（2）：15-23（CSSCI，华大 2 类 B）。

（85）多级二步明示推理及其泛式，《解放军外国语学院学报》，2005（5）：7-11（第二作者，CSSCI，华大 3 类 A）。

（86）有标记心力—语效组配模式与成功交际，《四川外语学院学报》，2005（5）：93-98（CSSCI 扩展版，华大 3 类 B）。

（87）调控转类—串类语用含糊的言辞—语用策略，《修辞学习》，2005（5）：40-43（一般刊物，华大“其他类”）。

（88）语用习语标记论——间接式推理模式，《外语研究》，2005（6）：9-13（CSSCI，华大 3 类 A）。

（89）颜色词“青”语用义的特点、生成机制及英译，《厦门理工学院学报》，2018（2）：60-65（第二作者，华大“其他类”）。

（90）译者何以施暴？《当代外语研究》，2018（4）：78-84（一般刊物，华大 3 类 B）。

（91）打造研究生培养的“全人教育”平台——“果香读赏会”模式，《教育评论》，2018（10）：78-81（第二作者，北大核心，华大 3 类 A）。

（92）也说他一说：“他”的虚化和“他”构式的语用化，《新疆大学学报》（哲社版），2018（6）：140-147（第二作者，CSSCI，华大 2 类 B）。

（93）GP and NCP：A Challenge to the Two New Pragmatic Principles That Challenge Grice，Chinese Semitocis Studies，2019（1）：15-37（一般刊物，华大“其他类”）。

（94）认知互补性：语言库藏类型学与构式语法，侯国金，刘小红，《外语教学理论与实践》，2019 年（CSSCI，华大 2 类 B）。

（95）两大名著中“半 A 半 B”构式的语用翻译分析，《广东外语外贸大学学报》，2018（5）：74-79（第二作者，一般刊物，华大 3 类 B）。

（96）英语中缀三分法：词汇构式语用学路径，《外语学刊》，2019（3）：38-44（第二作者，CSSCI，华大3类A）。

（97）How My Poetry Is Translated：A Pragma-Translatological Approach，Translating China，2019（1）：37-57（一般国际刊物，华大“其他类”）。

（98）深层融合语法学和修辞学　推动符合汉语实际的研究，《中国社会科学报》，2019-4-2（第二作者，华大2类A）。

（99）红楼药主杨-霍译：语用翻译观，《中国科技翻译》，2019（2）：44-47（第二作者，核心刊长，华大3类A）。

（100）语用花径的互动性和连环性，《外语教学》，2019（3）：即出（第一作者，CSSCI，华大2类B）。

（101）Socio-Pragmatic Paradox of Ayi（Aunt）as a Generalised Address Term（第二作者，待刊）。

（102）Pragma-translatological Principle for Public Signs：A Case Study of Daye Qinglong Shan Park（第一作者，待刊）。

（103）Pragma-linguistic and Socio-pragmatic Failures in Translation of Public Environmental Protection Signs：An Eco-Pragma-Translatology Model（第二作者，待刊）。

（104）Rhetorical Constructions in Chinese Discourse：Parody and Garden Path from Perspective of Lexico-Constuctional Pragmatics（第一作者，待刊）。

（105）How Parody Finds Its Way in Chinese Government Work Reports（第二作者，待刊）。